# 妹ばかり可愛がられた伯爵令嬢、妹の身代わりにされ残虐非道な冷血公爵の嫁となる2

赤村咲
Saki Akamura

レジーナ文庫

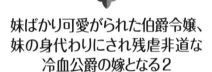

アーシャ
アネッサの妹。
強い魔力を持っており、
そのために体が弱く、
床に臥しがち。アネッサが
いない間に伯爵家で
衰弱していた。
ヴォルフ
「訪れて無事に帰った者は
いない」と噂されるビスハイル
公爵家の主。いつも仮面を
手放さず、素顔を隠している。
アネッサに
振り回され気味。
アネッサ
リヴィエール伯爵家の長女。
魔力がなく、家族から冷遇されている。
可愛い妹のため、公爵家へ嫁ぐことを
決意した。ヴォルフのことは噂ほど
怖い人ではないと感じ、ひそかに
想いを寄せている。

# 登場人物紹介

## リヴィエール伯爵

アネッサとアーシャの父親。
すべての物事は
自分の意のままになると
考えている。

## メルヒラン

アーシャの魔力の暴走を
抑えるため、
リヴィエール伯爵夫人が
雇った魔術師。けれど、
どうも胡散くさく……？

## シメオン

公爵家の執事で、エルフ。
誰に対しても慇懃な
態度を取り、他人には無関心。
ヴォルフ至上主義。
趣味は花園の手入れ。

## ロロ

公爵家のメイドで、黒い耳と
長い尻尾を持つ黒猫の獣人。
抜けている部分はあるが、
よく働く。アネッサの作る
お菓子が大好き。

# 目次

# 妹ばかり可愛がられた伯爵令嬢、妹の身代わりにされ残虐非道な冷血公爵の嫁となる2

# 第一章　嵐の予感

深く暗い森に囲まれたビスハイル公爵邸は、昼でもどこか薄暗い。

人を拒むような森の奥。冷たい屋敷に住まうのは、魔族の血を引く公爵だ。魔族の血のために強大な魔力を持ち、常に仮面で顔を隠した公爵の名を、この国で知らぬ者はいない。

ヴォルフガング・ビスハイル公爵。彼こそは戦時の英雄であり――今では残虐非道な冷血公爵として、恐怖とともに知られる人物である。

彼の屋敷を訪ねた人間で、無事に帰ることができた者はいないという。誰一人として例外なく、そのまま行方知れずになるか、あるいは頭がおかしくなって発見されるかだ。

一度足を踏み入れれば、二度と無事には出られない。そんな噂のある公爵邸で私は――

「だ、駄目です、ヴォルフ様！　そこはまだ花を植え直したばっかりで！」

のんびり花の手入れをしていた。正確には、手入れのお手伝いを、である。

場所は公爵邸の中庭の一角。生垣に囲まれた花園の中だ。

屋敷の執事たるシメオンさんが手をかけているこの花園は、今は少し荒れている。原因は一昨晩、私がうっかりこの場所で転んでしまったからだ。

あまりの申し訳なさに、手伝いをさせてもらえないかと頼み込み、朝からシメオンさんと二人でせっせと花の植え替えをしたばかり。せっかくきれいにした場所を、もう一度踏み荒らさせるわけにはいかなかった。

たとえ相手が――残虐非道と噂のある、公爵本人だとしても。

「まだ根付いていないんです！　踏まないでください！」

上天気の空の下。花園の入り口に立ち、今にも私に向かって足を踏み出そうとしているのは、冷たい仮面の男性だ。

仮面を付けていても、彼の美しさは隠せない。端整な輪郭に、形の良い唇。青みがかった銀色の髪が風に揺れ、思わず目を奪われてしまう。

仮面の奥から覗く瞳は、王家の血を示す深い藍色だ。その瞳の底知れなさに、私はぞくりと寒気を覚える。肉食獣に睨まれた獲物の気分だった。

「アネッサ」

彼が口にしたのは私の名前だ。呼ばれた瞬間に、私の体が凍り付く。

指先は震えていた。返事をする声も出ない。理屈ではない、本能的な恐怖に私は怯《おび》えていた。

立ち竦《すく》んでしまった私を、彼の射殺すような目が貫いている。

「……俺は君に甘すぎると思う」

そして、その目のままに、彼は不愉快そうに足を引いた。

苛立たしげに顔をしかめながらも、花を踏まないように気遣ってくれたのだ。

冷たい雰囲気とは裏腹な彼の優しさに、私は無意識に目を細める。彼に感じる怖さも、今は少し薄れていた。

「ありがとうございます。ヴォルフ様」

ヴォルフ様、と口にすれば、心の中がほっと温かくなる。残虐非道と噂の彼だけど、実際にはまるで違う。魔族の血を引いているのは事実で、たしかに怖いところもあるけれど——本当の彼は、人間らしくて優しい人だ。

この屋敷だってそう。一度入ったら二度と無事には出られない、なんて話が嘘であることを、私自身がなにより知っている。

なにせ私は、実際に一度訪れたこの公爵邸を出て、再び戻ってきた身なのだ。

初めて公爵邸を訪ねたのは二ヶ月ほど前のこと。あのときの私は、ヴォルフ様に求婚された妹――アーシャの身代わりとしてこの場所にいた。

魔力持ちのアーシャばかりを可愛がり、私を蔑《ないがし》ろにする父によって、強引に決められた身代わりだ。それでも、病弱で気の弱いアーシャのため、可愛い妹を守るためと覚悟を決め、半ば生贄のつもりで屋敷に足を踏み入れたのに――

屋敷で待っていたのは、思いがけない生活だった。冷血なはずのヴォルフ様は情熱的で、手が早すぎるくらい。メイドたちは明るくて、使用人もみんないい人たちばかりだ。

ここでの生活は楽しかった。だからこそ、身代わりである罪悪感が募っていった。

身代わりをやめる決意をしたのは、屋敷で一月《ひとつき》ほど暮らした頃。実家にいるアーシャが病気で倒れ、帰らなければならなくなったときのことだ。

ヴォルフ様に、これ以上嘘をついていられない。父や家族を説得して、身代わりを終わらせよう。そう決意して、私は公爵邸をあとにした。

だけど家族は、私の話をなに一つ聞いてはくれなかった。身代わりをやめることも――弱ったアーシャに必要なのは、静かで落ち着いた環境だということも。

アーシャが倒れた原因は、強すぎる魔力を暴走させたからだ。

魔力は感情に左右されるもの。落ち着いた環境さえあれば良くなるのに、家族は悪気なく、過剰なまでにアーシャを構い、衰弱させてしまっていた。

アーシャをあの家から救うために、私はもう一度公爵邸を訪れた。身代わりであることを明かして、ヴォルフ様に助力を乞うつもりだったのだ。

その結果が――

「アネッサ、どうした？」

花を避け、こちらへ向かってくるヴォルフ様を、私は知らず見つめていた。私の無言の視線を受けて首を傾げる彼に、昨日までの怒りは見られない。そのことに、内心でほっとする。

私の身代わりを知ったときのヴォルフ様の怒りは、今思い出しても寒気がする。ただでさえ冷たい空気をさらに冷たく凍らせ、私を見据えた彼の姿に、私は絶望以外の感情を抱くことができなかった。

だけど当たり前だ。ヴォルフ様はそれだけアーシャのことを想っていて――そんな彼を私は、騙していたのだから。

それでも、彼は怒りを収めてくれた。アーシャを助けると言ってくれた。

私に――もう大丈夫だと言って、抱きしめてくれた。

「アネッサ？」

「あ、い、いえ！　なんでもありません！」

昨日のことを思い出すうちに、いつの間にか頬が熱を持ちはじめている。私は誤魔化すように首を振ると、改めて彼に顔を向けた。

「そ、それよりも、私になにかご用でしょうか？」

「君に会うために理由がいるのか？」

当然だろう、と言わんばかりの彼に、もう熱を誤魔化せない。ぼぼぼぼ、と一気に顔が赤く染まるのが、自分でもよくわかった。

――わ、私が赤くなってどうするの!!

ヴォルフ様は、アーシャに恋をして求婚したのだ。彼がどれほどアーシャを想っているのかは、私が誰よりもよく知っている。

だって私は、『偽物のアーシャ』として、ずっと彼に口説かれ続けてきたのだから。

彼がアーシャの魔力に惹かれ、運命だとまで言ったことは、今も忘れられない。そのときの、彼の情熱の宿る目の色も。

――私は魔力もないし、ヴォルフ様にとってただの身代わりなのよ……！

アーシャじゃないんだから、と必死に言い聞かせる私の内心も知らず、ヴォルフ様は何気ない様子で手を伸ばす。そのままさらりと私の手を取って、口元に笑みを浮かべた。

「一月《ひとつき》近くも離れていたんだ。君と話したいことはいくらでもある」

――君と。

その言葉にドキリとする。

そんなはずはないと思うのに、どんなに言い聞かせても顔の熱が下がらない。触れられた手も熱く、かすかに汗まで滲《にじ》んでしまう。

――アーシャじゃなくて、私と。

もしかして、ヴォルフ様は――

「昨日は結局、周りがうるさくてろくに話もできなかったからな。アーシャ嬢について、もっと具体的に話をする必要があるだろう？」

「ああ！　アーシャ！　アーシャですよね！」

――もしかしない！

と内心で叫ぶと、私は反射的にヴォルフ様から手を引っ込めた。変に期待していた自分が恥ずかしい。

「は、話さないといけませんもんね！　あの子をどうやって連れてくるかとか！」

ヴォルフ様の言う通り、昨日は落ち着いて話し合う時間がなかった。

昨日――食堂で怒るヴォルフ様と向き合っていたとき。周囲に屋敷中の使用人が集まっていたのが原因だ。

なにせ、この明るく楽しい屋敷の使用人たちである。どうにかヴォルフ様の許しを得たあとは、ずっとお祭りのような騒ぎで、とても話なんてできる状況ではなくなってしまったのだ。

どうにか話せたのは、アーシャを迎える準備をしてくれるということと、父のことだけだった。

あの父が、素直にアーシャを手離すはずがない。必ず文句を言ってくるに決まっている。ヴォルフ様は、脅してでも強引にアーシャを連れ出してくれると言ってくれて――話はそこで止まっていた。

「お父様のこともありますし、い、一度しっかり考えないとですね！」

わざとらしいくらい大きな声で言うと、私はヴォルフ様から目を逸らした。

訝《いぶか》しげな彼の表情が視界の端に映るけれど、今の私はまっすぐ彼を見ていられない。

――余計なことを考えない！　ヴォルフ様の気持ちはわかっているでしょう！

期待なんてしたところで、叶うはずはないのだ。わかっている。頭ではわかっている――けど。

それでも心の奥底で、やっぱりどこか期待している。

もしかして――と。

もしかしてもなにもない。最初から、ヴォルフが大切に想うのは彼女だけだ。

彼女が助けてほしいと言うから助けるが、彼自身としては、妹なんぞ生きていようと死んでいようと興味がない。そもそも求婚したことだって、『獲物』を得るためだ。

残虐非道な冷血公爵――という噂は、嘘でも誇張でもない。魔族の血を色濃く受け継ぐ彼は、魔族らしい残酷な欲望を持っている。

血を見たい。悲鳴を聞きたい。苦痛に呻《うめ》き、絶望する姿が見たい。

そんな彼の欲望を満たすために、屋敷に遣わされる人間が『獲物』だ。

かつて、この屋敷に足を踏み入れた『獲物』が無事に逃げた試しはない。壊れるまで弄《もてあそ》び、使い物にならなくなれば、忠実な執事に『処理』させるだけだった。――ただ、一人を除いては。

――アネッサ。

目の前の少女を見下ろし、ヴォルフは自分でも知らず目を細めた。

赤茶けた髪に、木漏れ日にも似た緑の瞳。痩《や》せた体の、美人でもない平凡な小娘のはずなのに、恥ずかしそうに顔を背けた彼女の真っ赤な横顔を、彼は誰より可愛いと思ってしまう。

昨日、彼女のついた大きな嘘を受け止めてからはなおさらだ。

彼女はもともと、ヴォルフの求婚を受けた妹の身代わりとして屋敷に来ていた。そうして、妹の名前――『アーシャ』を名乗り、ヴォルフを偽っていたのだ。

そうとも知らず、ヴォルフは彼女を『アーシャ』として口説き続けた。

どれほど言葉を尽くしても、態度で示しても、彼女の反応は芳《かんば》しくない。魅了の魔法を使ってさえ口説き落とせない彼女に振り回され、いつしかムキになって追いかけ、追いかけ、追いかけるうちに――いつの間にか、『獲物』だったはずの彼女にヴォルフの方が囚われていた。

人間らしい心を知らなかったヴォルフに、彼女は焼けるような恋心を植え付けてしまった。

だからこそ、ヴォルフは彼女の嘘を許せなかったのだ。

もちろん、ヴォルフにとっては求婚なんぞ、『獲物』を呼び寄せるためのただの方便だ。いたぶれるのなら、姉でも妹でもどちらでも良かった。

家族に冷遇されていた彼女が、好んで身代わりを引き受けたわけでないとわかっている。ヴォルフを騙していることに、思い悩む姿も見てきた。もとより『獲物』扱いをして、姉か妹か確認しなかったのはヴォルフ自身なのだ。

それでも、彼女にだけは嘘をついてほしくなかった。すべてを打ち明けて、頼ってほしかった。

彼女の嘘を知ったときのことは、今も忘れることはできない。ヴォルフは怒りに我を失い、魔族らしい残虐さでもって彼女に思い知らせてやろうとした。自分がどれほどのことをしたのか――魔族の心を奪うということがどういうことか、わからせてやるつもりだった。

思いとどまることができたのは、彼女がヴォルフと向き合おうとしたからだ。恐怖に震えながらもヴォルフを見つめる彼女を、傷付けることはできない。彼女のために優しくありたい。魔族ではなく人間として彼女の傍にいたい。

そう思えたからこそ、ヴォルフは怒りを呑み込み、今ここで――

「とりあえず、一度部屋に戻ろうか。俺の部屋がいいだろう。そこでいろいろ話をして――いろいろと、やっておきたいこともある」

下心全開で部屋に連れ込もうとしているのである。

想いを伝え合ってから、もう一月《ひとつき》以上。ヴォルフの忍耐もいい加減に限界だった。これほど好きで、欲しくて欲しくてたまらない相手を前に、どれほど我慢をさせられてきたことか。

一度彼女が屋敷を離れたとき、『戻ってきたらどんな目に遭《あ》っても後悔するな』とは告げている。スルスルと逃げていく彼女をつなぎとめるためにも、一度本気で、やることをやってしまおうという魂胆なのだ。

もちろんヴォルフは、彼女が未だに勘違いしていることを知らない。

「外よりはゆっくりできる場所の方が、君にはいいだろう。どうせ一晩では足りないからな」

「は、はい。お話しすること、たくさんありますもんね……！」

こちらのよこしまな思惑などつゆ知らず、素直に頷く恋人に、ヴォルフは獲物を狙う獣のように目を細めた。

肩でも抱こうと一歩近付いたとき、花園を風が流れていく。彼女の髪が風にさらわれ、ちらりと覗く首筋に、彼は内心で嘆息した。

——甘い。

首筋から、ほのかに魔力の香りがする。魔力に敏感な魔族だからこそ気付ける、ほんのかすかな彼女の力は、彼を容易《たやす》く誘惑した。

ゆっくりできる場所の方がいい――と言いつつも、本心では今すぐにでも襲ってしまいたい。半分は人間であり、半分は魔族である彼の、魔族としての心が囁《ささや》く。

このまま手を伸ばせば、簡単に組み敷けるのに――と。

嫌がっても、拒んでも、彼女の力ではヴォルフには敵《かな》わない。驚き、戸惑う姿もいいだろう。泣き声も、痛みに呻《うめ》く声も悪くない。首筋に少し傷を付ければ、もう少し濃く魔力が香るはずだ。

その香りの中で彼女を愛せるなら――さぞ心地が良いだろう。

――それも悪くない。

知らず口元に笑みが浮かぶ。期待するように、ヴォルフは彼女の無防備な体を掴みかけ――

――いや。

違う、と心のどこかが否定する。

――彼女の前でだけは、人間らしくありたいんだ。

「――ヴォルフ様、お取り込み中に申し訳ありません」

生垣越しに聞こえた声に、ヴォルフははっと手を引いた。

低く抑揚のない声には、嫌というほど覚えがある。彼の忠実な執事のものだ。

「急ぎ、お耳に入れたいことがありまして。よろしいでしょうか？」

「……シメオン」

ヴォルフは眉をひそめ、生垣の外にいる執事の名を呼ぶ。

シメオンはもともと、彼女とともに花園の手入れをしていたが、ヴォルフが来ると同時にここを離れていたはずだ。ヴォルフをよく知る彼のこと。ここでヴォルフがなにをするつもりか、想像がついていただろう。

それでもなお、戻ってくるということは、よほどの用件に違いない。無視することはできず、彼は苦々しく息を吐いた。

「中へ入ってきて問題ない。なにがあった？」

「ええ、それが――」

◆　◆　◆

公爵邸に向かう馬車の中で、リヴィエール伯爵は上機嫌だった。

すでに馬車は、公爵邸を囲う森に入っている。森の入り口には人間未満の汚らわしい獣人がいて、『入るのには許可が必要だ』とか『今は事情があって人を通せない』などと生意気なことを言っていたが、なんてことはない。けだものなど、連れてきた護衛に軽く追い払わせた。

あれから数時間。ますます濃くなっていく森の色を、伯爵は期待を込めて見つめる。

彼はこれから公爵邸に行き、ビスハイル公爵と対面するのだ。事前に訪問の連絡などしていないが、彼には公爵に断られない自信があった。

——あのバカ娘が家を出たときはどうなるかと思ったが。

馬車の座席に座り直して腕を組み、彼は深く息を吐く。

思い返すのは、不出来な娘のアネッサが、伯爵家を出ていった日のことだ。

あの日。もぬけの殻の部屋を前に、伯爵は血管がはちきれそうなほどに怒っていた。

アネッサの不在に気付いたのは、すでに正午を大きく通り過ぎた頃。使用人たちがアネッサに朝食を出し忘れ、昼食も出し忘れていたことを思い出し、慌てて食事の用意をしたときのことだ。

すぐに屋敷中を捜させたが、アネッサはどこにもいなかった。書き置き一つなく、アネッサの行方を知る者も誰もいない。

だが、伯爵にはアネッサがなにを考えているかすぐに見当が付いた。

伯爵邸に戻ってきてからずっと、彼女は身代わりをやめたがっていたのだ。伯爵は何度も『それはならぬ』と諭《さと》してやっていたが、愚かな娘には伝わらなかったらしい。まず間違いなく、彼女は公爵邸に向かい、身代わりのことを告げるつもりなのだろう。

身代わりのことが知られれば、伯爵家は終わりだ。あの化け物公爵が、自分を騙した人間を放っておくはずがない。

それもこれも、すべてはアネッサが悪いのだ。少しくらい仕事ができて、少しくらい周りから褒められたからと図に乗っていたようだが、あんな化け物公爵に引っかかるあたり、所詮は女。伯爵からすると、考えが浅いとしか言いようがない。

どうせ洗脳か魅了でもされたに決まっている。簡単に魔法にかかって家族を危機に晒《さら》すなど、家族を蔑《ないがし》ろにしている証だろう。本当に家族を愛しているなら、魔法など意志の力でどうにでもできるはずだ。

そう思って、伯爵は怒りに我を忘れ、使用人に怒鳴り散らしていたのだが――

――まさか、魔法にすらかかっていなかったとはな。

伯爵を落ち着かせたのは、伯爵家を出る前にアネッサを診《み》た魔術医の診断結果だった。

アネッサに魔法の痕跡は一切ない。洗脳も魅了もされていないと、断言したのだ。

ならば、アネッサの態度はなんだと言うのだろうか。

――公爵は本気でアーシャを想っている。噂とは違って、本当は優しい人……だったか。

伯爵邸でアネッサが言っていた言葉を思い出し、伯爵は口の端を曲げた。

戦争中に公爵がした非道は知れ渡っている。魔族に相応しい残虐さで女子どもも構わずすり潰し、敵どころか味方からも恐れられていたのだ。それに戦争が終わってからも有名で、公爵邸を訪ねた人間は、男女問わず失踪《しっそう》しているという。

優しいなどとは、到底思うことはできない。

——だが、実際にアネッサは生きて帰ってきた。指の一本も欠けず、それどころか、魔法さえもかけられずに。

思慮深い伯爵は、アネッサの言葉をそのまま鵜呑《うの》みにする気はない。それでも一つだけ、彼女の言葉の中には、真実と思えることがあった。

——公爵がアーシャのことを本気で想っている。これが本当なら、すべてに説明がつく。

アーシャは自慢の娘だ。妻に似て美しく、アネッサと違って控えめで大人しい。自分より出来の悪いアネッサを決して悪く言わず、姉として立ててやろうという優しい心も持ち合わせていた。

その上、凡庸《ぼんよう》だったリヴィエール伯爵家の名を、国中に知らしめたほど上質な魔力を持っている。そんな優秀で可愛い彼女なら——化け物の心を奪うのも、無理からぬこと。

半魔の化け物公爵は、アーシャのために残虐さを捨て、人間らしい優しさを身に付けたのだ。もはやそれ以外に、アネッサが無事に帰ってきた理由など考えられなかった。

そして、公爵が人間らしいと言うのであれば――

――説得の余地がある。身代わりのことも、私が直接説明すれば言いくるめられるはずだ……！

馬車の中、伯爵は興奮に体が震えるのを感じていた。

もう終わりだと暗くなりかけた目の前に、かすかな希望の光が見えたのだ。これで落ち着けと言う方が無理であろう。

いや、かすかどころではない。今回のことは、かえって伯爵家に良い結果をもたらすだろう。

なにせ、こちらには――アーシャがいるのだ。

――公爵はアーシャに惚れ込んでいる。ならば父である私の言葉は絶対だ。アネッサがなにを言おうと、聞く耳なんぞ持たんだろう。

どうせ跳ね返り娘のアネッサのことだ。洗脳されていないのだとすれば、自分から身代わりになったくせに『無理矢理身代わりをさせられた』だのと、公爵にあることないこと告げるだろう。

それを止めるには、手紙では駄目だ。アネッサに言いくるめられて捨てられてしまう可能性がある。伯爵が直接出向いて、確実に公爵に真実を伝えなければならない。他人の説得は得意だと、伯爵は自負している。彼がなにか言えば、周囲の人間はみんな諸手を挙げて賛同するのだ。

――それに。

そう思いながら、伯爵は馬車の窓から後方に目を向ける。

森を走る馬車は一つではない。いくつも連なる馬車の一つに目を向け、彼は一人目を細めた。

あの中では、今頃アーシャが昏々《こんこん》と眠っているはずである。

――実際のアーシャを見せれば話は早い。化け物公爵になど、アーシャをやれるかと思っていたが……こうなればいっそ、このまま嫁がせるのも悪くないかもしれん。

公爵は悪い噂こそあれ、今までアーシャに求婚してきた中で一番上等な相手だ。もしも彼が伯爵の言葉を聞くようであれば、悪くないどころか、信じられないくらいの良縁である。

――公爵家が、王家の血筋が、私の家に……！

期待感に、伯爵は自分の体を抱く。これほどの危機をチャンスに変えられる優秀さが、我がことながら恐ろしい。興奮で体も震えようというものだ。

おまけに、伯爵が用意したのはアーシャだけではない。

アーシャの乗る馬車のさらに後ろに続く馬車を見て、彼はますます目を細めた。

――念には念を入れるのが、真に有能な人間というものだ。なにせ、あの冷血公爵だからな。

伯爵はアネッサの言葉を完全に信用したわけではない。化け物公爵が化け物のままだったことを考え、彼は一つの手を打っていた。

――あの女、魔族を屈服させる力があると言っていたからな。かつて魔王を倒した魔術師の子孫だったか？　ふん、いないよりはマシだろう。

あとに続く馬車に乗るのは、伯爵家から連れてきた精鋭と、一人の魔術師だ。メルヒランという女魔術師がどれほどのものかは知らないが、魔族に対する知識があるのは間違いない。

万が一を考え、魔術師を乗せた馬車は森の半ばで置いていく。何事もなければそれでよし。もしも公爵と争うことがあれば――

そこまで考えたとき、馬車が木の根を踏み付けて大きく揺れた。

思考を中断し、前方に顔を向けた伯爵は、もう公爵邸が目の前に迫っていることに気が付いた。

「なかなか良い屋敷ではないか」

病人のアーシャを連れた旅は楽ではなかった。何度も暴走しては足止めをくらい、想定よりもずいぶんと時間がかかってしまった。

だが、それももうすぐ報《むく》われる。

伯爵はなんの憂いもなく、満ち足りた気持ちで影の落ちた公爵邸を見つめた。

# 第二章　嵐の到来

「――お父様が！　来る⁉」

シメオンさんの報告に、私は愕然《がくぜん》とした。

「しかもアーシャを連れて⁉　もう森まで来ている⁉」

「はい。今朝がた森に入ったと報告がありました。到着までそう時間はかからないでしょう」

そう言って、シメオンさんは時刻を確かめるように空を見上げた。

花園から見える太陽は、すでに頂点を過ぎている。森から公爵邸まで、馬車で急いで半日ほど。こうなると、いつ父が到着してもおかしくなかった。

「実際のところ、公爵領にはもう少し前から来ていたようです。アネッサ様がいらしてからは、外の人間を近付けるのは危険だということで、森の入り口を封鎖していました。お父君も、しばらくそこで足止めされていたようですが……」

シメオンさんは一度言葉を区切ると、苦々しげに首を横に振る。

「どうやら、使用人を脅して強引に突破してきたようです。怪我人が出なかったのは幸いでした」

「脅して！　強引に突破⁉」

父のあんまりな行動に、頭がくらりとした。いきなり押しかけてきただけではなく、早々に問題まで起こしている。

「報告が遅れて申し訳ありません。昨日までのこともあり、外の状況の把握が漏れておりました」

「い、いえ。シメオンさんが悪いわけではありませんが……！」

むしろあの忙しい中で、森の外まで気を配ってくれたのは感謝しかない。もしも森を封鎖しなかった場合、父は足止めされずに、もっと早いうちに屋敷に来ていたかもしれないのだ。

昨日までのヴォルフ様が、父と顔を合わせていたらと思うとぞっとする。どう考えても、父がヴォルフ様の怒りを買って、屋敷が血で染まる未来しか見えない。

だから、シメオンさんを責める気はまったくない、が。

――さすがに急すぎるわ！

突然のことすぎて頭が混乱する。

——お父様からアーシャを引き離そうとしていたのに、お父様ごと来るなんて！　あの人がアーシャを置いて帰るなんて、絶対にするはずがないわ！

アーシャは屋敷で保護したいけど、父を屋敷に入れたら、問題を起こすのは目に見えていた。

そもそも、父は身代わりの提案者なのだ。下手をすればヴォルフ様の怒りを再燃させ、今度こそ惨劇が起きかねない。

——い、いくらお父様でも、さすがに惨劇までは……！

「アネッサ」

「はひぃ!?」

恐怖の予感に震えていた私は、突然のヴォルフ様の呼びかけに裏返った声を返してしまった。だけど彼は気にした様子もなく、横目でなんということもないように私を見下ろす。

「君はどうしたい？」

「ど、どうって……」

アーシャを助けたい。とにかく屋敷で保護したい。それから——

——なるべく、穏便に済ませたい。

あれでも私の身内なのだ。できれば父にも無事に屋敷を出てほしい。

そう思って、口を開こうとしたときだった。

花園を囲う生垣の外から、無数の足音が聞こえてくる。その荒々しい響きに、私は言葉を呑み込んだ。

なにかあったのだろうか。戸惑いながら音の方向へ目を向け――足音の正体に眩暈《めまい》がした。

どう考えても穏便には済まないと、視線の先の人物を見て確信する。

「――ビスハイル公爵、そこの女から離れなさい！　それは貴殿を騙そうとしている女です！」

花園を踏み荒らしながらこちらへ近付いてくるのは、私と同じ赤茶けた髪を持つ男の人だ。

恰幅《かっぷく》の良い体に、私に似てあまり美形とは言いがたい顔。その顔に浮かぶのは、嫌になるほど見慣れた怒りの形相だ。

「この私が来たからには、もう好きにはさせん！　もはや娘と呼ぶのも汚らわしい！　アネッサ――男を誑《たぶら》かす毒婦め！」

そう声を張り上げ、父は私を憎々しげに睨み付けた。

◆
◆
◆

隣で青ざめる彼女とは裏腹に、ヴォルフはリヴィエール伯爵を無感情に見つめていた。

「ビスハイル公爵、その女は嘘をついています！　父である私が言うのだから間違いありません‼」

挨拶もなしに声を張り上げる男を、無礼と咎《とが》めるつもりはない。彼女の話から、どんな人物かはすでに予想がついていた。彼の態度も想定内で、腹を立てるほどのことでもない。

それに、彼女の様子からどうしたいのかは察せられた。どうせ『穏便に』とでも思っているのだろう。ならば彼だって、それなりの対応は心得ている。

「その女がアーシャでないことは、すでに公爵もご存じでしょう！　その理由を、その女はなんと言いましたかな？　どうせ、妹であるアーシャの身代わりに『させられた』とでも言ったのでしょう。――ですが、それは真っ赤な嘘！」

伯爵の言葉を聞き流しながら、ヴォルフは彼を観察した。

容姿は好ましいとは言えないが、髪の色は彼女とよく似ている。目の色や形、上気してすぐに赤くなる頬も、彼女との血縁を感じさせた。

なにより、伯爵の纏《まと》う甘い香りが彼女を思わせる。香水とは違う、内側から香る甘さだ。

──かすかに、魔力の気配がするな。

魔族の血を引くヴォルフだからこそ気付く、ほんのわずかな魔力の気配。容姿以上に彼女そっくりなその香りに、ヴォルフは目を細めた。

──悪くない。

無意識に唇を舐めるヴォルフに、伯爵は気付かない。妙に甲高い声で喚き続けている。

「その女は自ら身代わりを申し出て、アーシャに成り代わろうとしたのです！　貴殿の求める本物のアーシャを差し置いて、公爵夫人の座を得ようと画策していたのですよ！だというのに、身代わりを続けられないと悟ると、今度は自分を被害者として同情を引こうとしているのです!!」

一息にそう言うと、彼はヴォルフに目を向けた。顔に浮かぶのは、明確な媚《こ》びだ。

「この私は！　貴殿に真実を告げにまいりました！　すべては不肖の娘の後始末のため、そして親愛なる公爵閣下のため！　ええ、ええ、もちろん私は貴殿の婚約の申し出を偽りなく受けるつもりでした！　その証拠をお見せしましょう！」

彼は胸を叩くと、生け垣の入り口に立つ自らの護衛に目配せをする。護衛は心得たようにすぐに出ていき――少しして、一人の娘を抱きかかえて戻ってきた。

その瞬間、周囲を甘い魔力の香りが満たす。あまりに濃く――あまりにいびつなその魔力に、ヴォルフは息を呑んだ。

思わず視線が奪われる。見つめる先は、護衛の男の腕の中、目を閉じたまま動かない娘だ。

顔立ちは、やはり彼女に少し似ている。しかしひどく痩《や》せ細っていて生気がない。かすかに胸が上下していなければ、生きているとさえ思えなかっただろう。

それなのに魔力だけが、抑えることもできぬ様子で噴き出し続けていた。

「アーシャ……！」

ヴォルフの隣で、彼女が喘《あえ》ぐように名前を呼ぶ。顔は青ざめ、どこか怯《おび》えた様子だった。

対照的に、伯爵は笑顔だ。彼は疑いもなく、胸を張ってヴォルフに娘を差し出す。

「我が自慢の娘、アーシャです。――諸事情で今は魔法で眠っておりますが、私もアーシャも貴殿に会いたい一心でここまで来たのです！」

ヴォルフはアーシャから目を離せない。甘い香りに、酔わされるようだ。

そんなヴォルフの様子を見上げ、伯爵は確信に満ちた顔で頷いた。

「どうぞ、そこの女には惑わされず、真実の花嫁を愛してやってください。それが、私とアーシャの望みなのですから――！」

◆　◆　◆

勝利を確信したような父の顔を、私は見ていられなかった。

アーシャの様子は明らかに異常だ。顔色は、私が伯爵家を出たときよりもなお悪い。眠っているようにも見えるけれど、この騒ぎの中で起きる気配すら見せず、ただぐったりと父の側近に体を預けている。

「アーシャ、ど、どうして……！　魔法で眠らせているって、どういうこと！」

父の言葉を、一つも理解することができない。とにかくアーシャを父から離さないと――と私は震える足を踏み出した。

だけど、その行く手をヴォルフ様が阻む。

片手を上げて私を制し、代わりに彼自身が一歩前に出るのを見て、父はますます笑みを深めた。

「ふははは！　今さら心配をするふりなど無意味だ！　お前が妹の幸福を奪おうとした外道だということを、賢明な公爵殿はきちんとわかっておられるようだな！」

「お父様……！」

「お前に父と呼ばれる筋合いはない！　自分勝手なことばかりして、伯爵家をめちゃくちゃにしおって！　だが、その企みももう終わりだ、アネッサ!!」

父はそう吐き捨てると、ヴォルフ様に歩み寄る。

その顔に浮かぶのは、あからさまな作り笑いだ。両手を揉《も》み合わせ、父は猫撫で声を出す。

「ビスハイル公爵、さあ、今後のことをお話しいたしましょう！　ええ、ええ、きっと互いにとって素晴らしい未来になるに違いありません！　なに、私に任せておけばすべて安泰ですよ！」

「……興味深い話だが」

ふう、と短く息を吐くと、ヴォルフ様は目を細めた。

いきなり踏み込んできてめちゃくちゃなことを言う父に、ヴォルフ様は怒りもしない。口の端を持ち上げ、悠然と微笑むだけだ。

そのいかにも貴族らしい表情に、私の方が驚いた。もともと表情の変化の少ない方だけど——これほど感情の見えないヴォルフ様は、初めてだ。

「はるばる来ていただいた貴殿に、こんな場所で長話をさせるわけにはいかない。まずは部屋へ案内しよう。――シメオン、リヴィエール伯爵を客室へ」

「承知いたしました」

ヴォルフ様の一歩後ろで、シメオンさんもまた無感情に頷いた。

周囲を見回せば、他の使用人たちが生け垣の外に集まってきている。

ずらりと整列する使用人たちを見もせずに、ヴォルフ様は笑みを浮かべたまま淡々と指示を出す。

「そちらの娘は――アーシャ嬢は、どうやら体調が優れない様子。別室へ案内して看病させよう。構わないだろうか？」

「ええ、ええ、構いませんとも。父が見ている前では恥ずかしいこともありましょう。ぜひアーシャをじっくり念入りに見舞ってやってくだされ！　なにせいずれ、夫婦になるのですからな!!」

「……………貴殿の従者たちは隣室へ。他に部屋が必要なら、言ってくれれば用意する」

ねっとりと笑む父に、ヴォルフ様は答えなかった。我が父ながら相当に品のないことを言ったのに、腹を立てるどころか、不愉快そうな素振りさえも見せない。

そのまま一通りの指示を出し終えると、ヴォルフ様は改めて父に向き直った。

「リヴィエール伯爵」

顔に浮かぶ表情は変わらない。

ヴォルフ様が浮かべるのは――仮面よりも仮面らしい、貴族の微笑だった。

「急なことでたいしたもてなしはできないが、貴殿の訪問を歓迎しよう。――ようこそ我が屋敷へ」

両手を広げてヴォルフ様がそう言えば、周囲の使用人たちが一斉に頭を下げる。一糸乱れぬその様子は、怖いくらいに完璧な公爵邸の姿だった。

ヴォルフ様の態度に、父は満足したらしい。大きく一つ頷くと、素直に部屋に案内されていった。

アーシャは医者に見せる必要があるということで、逆方向の客室へ。父の連れてきた護衛も、それぞれの部屋に案内され――

静かになった花園で、私はようやく息を吐いた。息の詰まるような緊張が解け、体から力が抜けていく。

――穏便に……済んだわ。

父の姿を見たときは、絶対に揉《も》めると思った。父の態度があまりにも無礼すぎて、ヴォルフ様の怒りを買うと思ったのだ。

あるいは、ヴォルフ様の対応次第では、父が癇癪《かんしゃく》を起こしたかもしれない。自分の思い通りにならないと、どんなことをするかわからない人だ。アーシャを盾にしてごねるか、気分を悪くして屋敷を出ていってしまうかもしれなかった。

なのに、終わってみれば呆気ない。せっかくの花が荒らされてしまったけれど、それだけだ。すべては、ヴォルフ様が父を前に少しも機嫌を損ねず、怒らずにいてくれたおかげである。

だけど——

「あ、あの、ヴォルフ様……！」

「どうした？」

駆け寄って声をかけると、ヴォルフ様はなんということもない顔で振り返る。

その顔から微笑が消えていることに少し安心しながらも、私はぎゅっと身を縮めて頭を下げた。

「す、すみません、うちの父がご迷惑をおかけして！」

だけど——あれだけの無礼を働いて、ヴォルフ様が怒らないはずがない。

縁を切る覚悟で家を飛び出したとはいえ、あれでも私の父なのだ。身内の不始末を黙って見ているわけにはいかない。それに、やはり命乞いくらいはしておきたかった。

「いきなり押しかけてきた上、挨拶もしないまま騒いで、失礼なことばかり言って、申し訳ありません！　ご、ご不快でしたよね⁉　お怒りはごもっともですが、父に代わって謝りますので、どうかご容赦《ようしゃ》いただけないでしょうか……！」

私はヴォルフ様がどれほど身代わりにお怒りだったかを知っている。今でこそ落ち着いているけれど、いつあの怒りが再燃するかわからない。

――しかも、父のあの言葉！

家の事情はすでにヴォルフ様の知るところだし、そうでなくとも、一ヶ月以上も身代わりをさせておいて『自分は知らなかった』は無理があった。

――なのにあんな言い訳なんてしてして！　余計に怒らせるに決まっているのに！

余計に、と考えたところで公爵邸に戻った初日のヴォルフ様を思い出し、私は戦慄《せんりつ》した。

あれ以上の怒りとなると――屋敷に血の雨が降るのでは？

――さ、惨劇だけは……！　どうか命だけは……‼

「……君は俺をなんだと思っているんだ」

血まみれの未来を想像し、青くなって震える私に、ヴォルフ様は苦々しく言った。

「こんなことで腹は立てない。仮にも俺は公爵だぞ、適当にあしらうことくらいはできる」

「で、ですが……それにしても父のあの態度は……」

「いいから頭を上げてくれ。君が謝ることではない」

低い声に、私は「うっ」と小さく呻《うめ》く。今のヴォルフ様は、たぶん少し不機嫌だ。

——お、お父様相手にはあんなに落ち着いていたのに……！

父よりも私の方が、ヴォルフ様を怒らせてしまっているのだ。その事実にショックを受けつつも、私はそろそろと顔を上げる。

「……そこまで怯《おび》えないでくれ」

顔を上げた先にいるのは、やはり少しむっとした様子のヴォルフ様だ。私を見て、かすかに眉をひそめている。

「君の父親をどうこうする気はない。たしかに、多少煩《わずら》わしいとは思うが——」

一つ息を吐くと、ヴォルフ様は頭を振った。強張る私を安心させてくれようとしたのだろう。再び私に向けられた表情は柔らかい——が。

「君だって、豚が喚いたところで、本気で怒りはしないだろう？」

言葉は全然柔らかくない。ひえ、と私は身を震わせた。

——ぶ、豚。人ではなく豚……って。

ヴォルフ様のそういうところ、たまにすごく魔族っぽいと思います……！

「それよりいいのか？　妹の状況を確かめなくても」

内心で怯《おび》える私に、ヴォルフ様はなんということもないように尋ねた。その言葉で、私はようやく震えている場合ではないことを思い出す。

ヴォルフ様の言う通りだ。まずはなにより、アーシャの様子を見に行かないと！

ヴォルフ様に案内してもらい、私はアーシャの運ばれた部屋へ駆け込んだ。

足を踏み入れたのは、西日の当たる公爵邸の客室の一つ。広く清潔な部屋の中央で、アーシャは医者に見守られながら、ベッドの上に静かに横たわっていた。

「アーシャ……」

私はベッドの横に立ち、蒼白な彼女の顔を見つめた。

アーシャは目を閉じたまま、かすかな呻《うめ》き声を上げている。眠りながらも口を動かし、なにか言っているらしい。近付いて耳を寄せると、掠《かす》れた声で、同じ言葉を繰り返していた。

「ごめんなさい、ごめんなさい、傷付けたくないのに、抑えられないの、ごめんなさい……」

絶え間ない謝罪に愕然《がくぜん》とする。ここまで追い詰められているアーシャを、父は連れ出したのだ。そして、私は――

――……こんなアーシャを、置いてきてしまったんだわ。

ヴォルフ様の怒りが落ち着いていなければ、父がこのタイミングでアーシャを連れてきていなければ、アーシャはどうなっていただろう。

――もしかしたら、私の知らないところで、アーシャは……

考えかけ、慌てて思考を振り払う。その先は想像したくなかった。

「……ずいぶんとひどいな」

うつむく私のすぐ後ろから、ヴォルフ様の声が聞こえた。振り返れば、先ほどまで医者と話していた彼が立っている。アーシャを見下ろすその表情は、なんだか妙に腑に落ちたと言いたげだ。

「どうりで。眠らせていなければ運べもしないはずだ」

「……運ぶ？」

「起きている間は常に暴走していたんだろう。人間にしてはたいした魔力だ。抑えるにしたって、並みの魔術師では難しい」

――それって……

ヴォルフ様の言葉に、ぞっと背筋が寒くなる。その状態のアーシャを眠らせて、父は無理矢理『運んだ』のだ。アーシャの意思を無視し、抵抗できないようにし――まるで物のように。

「眠らせれば暴走はしないが、魔力は漏れ続ける。根本的な解決にはならない。……今はまったく抑制のない状況だ。このままだと、すぐに魔力が尽きて死ぬだろうな」

凍り付く私を横目に、ヴォルフ様は淡々と話し続ける。

「さもなければ衰弱死だ。眠らされているせいで、ろくに食事も摂っていないんじゃないか？」

——死……

ヴォルフ様の声は静かで、だからこそ告げる言葉は鮮明だ。

頭では理解しても、認めたくなかった現実を突き付けられてしまう。

「アネッサ、少し離れていろ」

強張る私を一瞥《いちべつ》すると、ヴォルフ様はそう言ってアーシャの眠るベッドに近付いた。

それから、少しの間アーシャを見下ろし、おもむろに膝をつく。

「ヴォルフ様？　な、なにを……？」

膝をついてアーシャの手を取るヴォルフ様に、私は戸惑った。なにをするのかと訝《いぶか》しむ私に、彼は振り向かない。まっすぐアーシャを見つめたまま、握る手に力を込めた。

「目覚めさせないと死ぬだけだ。一度起こすが、構わないな？」

「え、ええ、はい？」

——起こす？　ヴォルフ様が？

「魔法を解いて目を覚まさせ、暴走する魔力をねじ伏せる。これだけの魔力量だと、この屋敷でも俺かシメオンくらいしか対処できない——と医者が匙《さじ》を投げた。シメオンには伯爵の相手をさせているから、俺がやる」

つまり、魔力の暴走にヴォルフ様が対応してくれる——と考えていいのだろうか。

そうであれば、迷うことはない。今のアーシャはろくに食事もできていない状況で、とにかくまずは、目を覚ましてもらわないといけないのだ。

「起こしてもらえるなら、ぜひ！　お願いします！」

「ああ。少し荒れるから気を付けてくれ」

——荒れる？

どういう意味だろうかと首を傾げる私に、ヴォルフ様は気が付かない。彼はアーシャを見つめたまま、握った手にさらに力を込める。

その瞬間、強い風が部屋の中を吹き抜けた。ヴォルフ様とアーシャを中心に、体が吹き飛びそうなほどの風が渦を巻く。

——あ、荒れるってこういうことですか‼

ねじ伏せるというなら、抵抗があるのも当然のこと。この風は、アーシャの魔力が反発しているからなのか——と納得している場合ではない。医者が心得ていたように近くの柱にしがみついている一方で、まったく心の準備のできていない私は一人よろめいた。

――き、気を付けろって言われていたのに……！

なにも気を付けられないままに、吹き荒れる風に倒れて尻もちをつく。嵐のような風の中、私は痛む尻を撫でながら、どうにか頭だけを持ち上げた。

――ヴォルフ様とアーシャは⁉

暴風の中心にいるはずの二人は無事だろうか。慌てて二人を探した私は、ベッドの前に膝をつくヴォルフ様を見つけた。

ヴォルフ様は風に動じず、アーシャの手を握り続けていた。強く、固く握り合わされた二人の手に、私は視線を奪われる。

次第に周囲の風が弱くなっていく。突風から強風に、そよ風に、そして最後には、しんと静まり返った部屋の中。

私の目に映るのは、こちらに背を向けるヴォルフ様と、目を覚ましたアーシャの姿だ。アーシャは呆けた様子で、瞬《まばた》きをしながらベッドから体を起こす。その間も、ずっと彼女の視線はヴォルフ様に向いていた。

ヴォルフ様もまた、アーシャだけを見ていた。風が止んでもアーシャの手を離さず、握りしめたまま。二人は互いに、時間も忘れたように、言葉もなく見つめ合っていた。

――もしかして、なんて。

馬鹿な夢を見たものだ。あり得ない期待だった。それを思い知らされる。

私は見つめ合う二人を、離れた場所で眺めることしかできなかった。

◆　◆　◆

「――ふん、化け物どもめ」

リヴィエール伯爵がビスハイル公爵の屋敷に来て、数日。

要望した紅茶と茶菓子の用意を終え、立ち去ろうとするメイドの背中に向けて、彼は不快感を込めて吐き捨てた。

「この屋敷には、まっとうな人間一人いないのか。汚らわしい」

聞こえよがしな声は、メイドにも届いているだろう。だけど彼は気にしていなかった。

どうせ人間の出来損ないどもだ。半魔の怪物であるここの主人には相応しいが、優秀な人間である伯爵にとっては、目の前に現れるだけでもおこがましい。

「化け物公爵に、亜人の使用人に、おまけにエルフか」

いつもすまし顔の、いけ好かないエルフの執事を思い出し、伯爵は顔を歪《ゆが》める。あんなもの、顔がいいだけで他になんの取り柄もない。そのくせ妙に偉そうで、不愉快でたまらなかった。

「やはりろくな屋敷ではないな。公爵を説得した暁《あかつき》には、全員クビにしてやらねば気が済まん」

ふん、と鼻を鳴らすと、伯爵は手近な椅子に腰を下ろした。用意された紅茶のカップを手に取れば、いかにも上質な香りが漂ってくる。

化け物屋敷だが、紅茶の香りは悪くない。椅子の座り心地もまあまあで、名目だけはさすが公爵とでも言うべきか。身の丈に合わない上等なものが揃っていた。

「化け物に物の価値なんぞわからんだろうに、生意気な」

言いながら、伯爵は紅茶のカップに口を付ける。深みのある茶を飲み込むと、苛立たしさも少しは落ち着いてきた。

「……まあ、良い。アーシャがここへ嫁いだら、すべて私のものとなるのだからな」

部屋をゆっくりと見回しながら、彼は深く息を吐く。化け物の持ち物としては生意気でも、自分のものになると思えば悪い気はしなかった。

「公爵はすぐに懐柔《かいじゅう》できるだろう。なんだあの男、冷血公爵なんて噂だけではないか」

化け物と恐れていた公爵だが、実際はずいぶんと大人しい。残虐非道な素振りも見せず、伯爵の言葉もよく聞いていた。それだけでも容易に説得ができそうなのに、現実はさらに簡単だ。

――あの化け物、本当にアーシャに夢中だったとはな。アネッサの言う通りだ。

伯爵が屋敷に来て以降、公爵は毎日のようにアーシャを見舞っていた。今では、『偽のアーシャ』であるアネッサなど目にも入らない様子で、いそいそと本物のアーシャの部屋に通っているそうだ。

その事実に、伯爵は胸がすく思いがした。

――アネッサ。馬鹿な娘が。

どうせあの愚か者のことだから、公爵に取り入って伯爵家を取り潰そうとでもしたのだろう。

あれは昔から、自分が孤立していることを他人のせいにして、勝手に伯爵や家族を妬《ねた》んでいた。

これほど手間と愛情をかけて育ててやったのに、逆恨みもいいところだが、ああいう娘には理屈なんぞ通じないのだろう。

今回も自分の欲望のために――おぞましいことだが、血のつながった実の肉親を陥《おとしい》れるために、化け物に魂を売ったのだ。

アネッサが屋敷から逃げ出したときは、まさかここまで考えの足りない真似をするとは、と震えたが、結果はこの通りだ。公爵はアーシャに夢中で、アネッサを切り捨てた。

――まあ、私の説得の功績も大きいだろうがな。半魔の化け物にしては物わかりが良い。御《ぎょ》しやすくてなによりだ。

そこまで考え、伯爵はふふんと鼻を鳴らす。いつの間にか、すっかり機嫌は直っていた。考えれば考えるほどに、すべてが上手くいく予感しかしない。

――アーシャの公爵夫人の座は間違いない。旅のせいでアーシャの魔力の状況は悪化したが、これもかえって都合がいい。あとのことは、全部公爵家に押し付けられるのだからな。

医者や魔術師を呼ぶ費用も馬鹿にはならない。現在は、それをすべて公爵家が受け持ってくれている。もしまたアーシャの魔力が暴走しても、荒れるのは伯爵家ではなく公爵家と思えば、気楽なものだ。

あとは早々に、アーシャが公爵との子を産めばいい。そうすれば両家の仲は安泰だ。

――私に見舞いを控えさせておいて、公爵本人はアーシャの部屋に入り浸りとは。いったいなにをしていることやら。

下世話な想像をし、伯爵はにやりと笑みを浮かべた。

今でこそ冷血な化け物公爵と名高いが、それ以前――彼がまだ社交界に顔を出していた頃は、むしろ女たらしで通っていた男だ。待ちわびていたアーシャを無防備な状態で差し出されて、手を出さないとは思えない。

愛娘を化け物に差し出すのは心が痛むが、これも伯爵家のため。

家族のためだと思えば、アーシャも喜んで受け入れるだろう。

――きっと子ができるのも早い。なんとしても、アーシャに男児を産ませてみせる。

男児ならば、いずれはそれが公爵家の跡取りとなる。そうなれば、伯爵は次期公爵の祖父だ。

「ふ、ふ、公爵家と血縁か……！」

伯爵の口から、知らず笑い声が漏れる。

仮にも王家と血縁のある家柄。社交界での影響力も大きくなるだろう。そうなれば、今まで彼を馬鹿にしてきた連中も、みんな頭を下げてくるはずだ。

――やはり、正しいことをしている人間には、天が味方するのだ。

いや、運ではなく実力だろうか？　――と考えて、伯爵はもう一度声を上げて笑った。

――これなら、魔術師たちを連れてくる必要はなかったな。このまま公爵を説き伏せ、アネッサを追放させれば終わりだ！

◆　◆　◆

　アーシャが来た日以降、公爵邸はずっと平和だった。

「アネッサ様に身代わりをさせてたっていうからどんな悪女かと思っていたけど――」

「悪くないよな、優しそうな顔立ちだし」

「物腰も柔らかいしな。気の毒なくらいやつれているけど、もともとは可愛い顔なんだろうなあ」

　アーシャを見舞いに向かう道すがら。すれ違いざまに聞こえた使用人たちの噂話に、私はむふんと鼻を鳴らした。

　みんなの言う通り、アーシャは可愛いのだ。

「あの伯爵様が連れてきた子だし、アネッサ様に意地悪したらどうしようかと思ったけどぉ」

「いい子よね！」

「ね。優しいし、わたしたちにも怖がらずに接してくれるわ」

　柱の陰でおしゃべりするメイドたちの声に、私はついつい胸を張る。

みんなも知っての通り、アーシャは優しくていい子なのだ。

「――アネッサ様、嬉しそうですにゃ」

見舞いに付いてきてくれていたロロが、にやにやしている私を見上げてそう言った。

「良かったです。アネッサ様、こちらに戻ってからはずっと不安そうでしたから」

「そ、そうだったかしら……？」

「にゃん。まあ、帰って早々にあのご主人様を見たので、無理もないですけど……」

思いがけず出たヴォルフ様の話に、内心でドキリとする。

思えば、屋敷に戻ってきてすぐは、彼の怒りに触れて『もう駄目だ』と思ったものだ。

ようやくヴォルフ様に許してもらえて、ほっとしたのも束の間。今度は父が、意識のないアーシャを無理矢理に連れてきた。

ヴォルフ様に目を覚まさせてもらっても、アーシャの状況は悪かった。ほとんど飲まず食わずだったようで、衰弱していたのだ。いつどうなるかわからないという医者の言葉に怯《おび》え、せめて傍にいようと、できるだけアーシャに付き添い――ようやく安定したのはここ数日。

徐々に快方に向かっているという医者の言葉は、思い出すだけでも涙が滲《にじ》みそうになる。

「アネッサ様がお元気になられてなによりです」

ロロはそう言って、自分こそ嬉しそうに笑ってくれる。

屈託のない彼女の笑顔に、私も微笑みを返した。

「ありがとう。ロロやみんなのおかげだわ」

「にゃ！」

元気な返事に、私はますます笑みを深める。安心したせいか、最近はずっと頬が緩みがちだ。こんなに満ち足りていていいのだろうか、なんてふわふわした悩みまで抱きはじめている。

ただし――

アーシャの部屋にたどり着き、扉を開けた瞬間、私の笑みは強張った。

「――あ……お姉さま！」

私に気が付き、ベッドの上のアーシャが顔を上げる。ぱっと表情を明るくする彼女の、その横。

ベッドサイドの椅子に腰かけ、アーシャの手を握る人影に、私は凍り付く。

見慣れた青銀の髪。端整な横顔は、私に振り向かない。仮面の奥の瞳は熱っぽく、まっすぐアーシャに向いていた。

彼は一拍遅れて私に気が付くと、重たげな視線だけをこちらに向けた。

「……君か」

どこか苦々しく私を見る彼――ヴォルフ様の目には、熱の名残しか見えなかった。

「……ええと」

私は逃げるように、ヴォルフ様から視線を逸らす。代わりにアーシャに目を向けて、どうにか笑顔を作り直した。

「その、アーシャ、調子はどう？　プリンなら食べられるかと思って持ってきたのだけど……」

そう言いながら、私はちらりとロロを見る。彼女の持つお盆の上には、プリンの器が載っていた。アーシャの分だけではなく、ヴォルフ様やロロ、それにアーシャを診《み》てくれる医者の分もある。

「最近は食欲も戻ってきたみたいだし、前に来たときに『甘いものが食べたい』って言っていたでしょう？　だから厨房を借りて作ってきたの」

旅路で弱ったアーシャは、はじめのうちは水しか飲むことができなかった。

それが少しずつ回復し、スープやリゾットのような消化に良いものを口にできるようになり――自分から『甘いものが食べたい』と言ってくれたのは、ついこの間のこと。

医者とも相談し、今のアーシャでも食べられるものを考え、そうして作ってきたのがこのプリンだった。

「良ければ食べてみて。みんなの分も作ってきたから。……ロロ、配ってもらえるかしら」

「んにゃ！　承知しました！」

と元気良く返事をすると、ロロはプリンを配りはじめる。その姿を横目に、私はアーシャの近くに椅子を引いた。

ただしアーシャの隣にはヴォルフ様がいるので、遠慮がちに——彼からは少し離れ気味に座る。

「お姉さま、ありがとう。お姉さまのお菓子を食べるなんて久しぶりだわ」

アーシャは嬉しそうにロロからプリンを受け取りつつも、スプーンを手に取らない。

理由は単純で、片手をヴォルフ様に掴まれているからだ。

ぎゅっと握り合わされた二人の手を見ないように、私はアーシャの顔を見る。

「食べられそうなら良かった。体の調子はどうなの？　魔力の方は？」

「だいぶ良くなったわ。魔力の方はまだあまり良くはないけれど……公爵さまやシメオンさまに抑えていただいているから」

そう言って、アーシャはつながれた手に目を落とす。

「外側から魔力の流れを整えていただいて、少しずつ落ち着いてきているみたい。もう少しすれば、お二人でなくとも対処できるようになるんですって」

「そうなの……」

アーシャの言葉に、私は内心でほっと息を吐く。

アーシャの魔力が落ち着きそうだから――というだけではない。ヴォルフ様がこうしてアーシャの手を取らなくても良くなることに安堵していた。

他人の魔力の制御には、直接的な接触が必要だという。だから、ヴォルフ様がアーシャの手を握ることに深い意味はない。単にアーシャの中の魔力を落ち着かせるための、いわば医療行為なのだ。

この屋敷で、アーシャを上回る魔力を持つのは、ヴォルフ様かシメオンさんしかいない。そのため、ヴォルフ様がいないときはシメオンさんが、シメオンさんがいないときはヴォルフ様が、かわるがわるアーシャの傍に付き添っていた。

――それは、わかってはいるのだけど……。

ちらり、と私はヴォルフ様を窺《うかが》い見る。

ヴォルフ様もこちらを見ていたらしく、一瞬だけ目が合うけど――

――あ……

私の視線に気が付くと、彼は不機嫌そうに目を逸らしてしまう。

――アーシャのことは、あんなに熱心に見つめていたのに……

アーシャには――

知らず比べている自分に気が付き、私はぎゅっとスカートの裾を握った。

ヴォルフ様はそんな私に気が付いた様子もなく、目を逸らしたままアーシャに声をかける。

「アーシャ嬢、ひとまずはここまでだ」

淡々としていながら、彼の声音は穏やかだ。ヴォルフ様の声に顔を上げたアーシャの、その安心したような表情に、私はなんとも言えない気持ちになった。

「すみません、お世話をかけて。いつもありがとうございます」

「いや」

短く否定すると、ヴォルフ様はアーシャから手を放す。

その手は行き場なく、中空で握られたままシーツの上に下ろされた。

「これでしばらくは安定するだろう。今日、また調子が悪くなるようならシメオンを呼べ」

……そっか、このあとはシメオンさんなんだ。

――……良かった。

思わずそう考えてしまった自分に気付き、私は慌てて頭を振る。内心を誤魔化すようにスプーンを掴むと、ようやく手の空《あ》いたアーシャに差し出した。

「あの、ええと――アーシャ、はいスプーン」

「ありがとうお姉さま」

ふふ、とアーシャにしては珍しくにやけた笑みを浮かべ、彼女は私からスプーンを受け取った。

その笑みのまま、アーシャはプリンにスプーンを刺す。いかにも嬉しそうな横顔を眺めてから、私はヴォルフ様に顔を向けた。

「ヴォルフ様も、どうぞ。……甘さは控えてありますので」

同じくスプーンを差し出すと、ヴォルフ様は私を一瞥《いちべつ》してから「ああ」とだけ言って受け取る。

それ以上、彼がなにか言葉を続けることはない。すぐに目を逸らしてしまうので、私もなにも言えなくなってしまう。

彼とは、ずっとこんな調子だった。

私を前にすると、ヴォルフ様はいつも不機嫌そうな顔をして、そっけない態度を取る。話しかけてもほとんど返事はしてもらえず、顔もあまり向けてくれない。

事務的なことなら話をしてくれるし、聞けば答えてもくれるのだけど……雑談のような、今までしてきたようなたわいのない会話をしてくれなくなってしまった。

——せっかく、お怒りが解けたと思ったのに。

本心では許してもらえていないのだろうか。それとも——

——アーシャがいるから？

アーシャが屋敷に来てから、ヴォルフ様はいつもアーシャを見つめていた。

ふとした瞬間、目を奪われるようにアーシャを見る彼の姿に、私の中のもやもやが増していく。

そのうちだんだん顔を合わせづらくなり、私からヴォルフ様を避けるようになってしまった。

一方で、アーシャとヴォルフ様が一緒にいる時間は増えていった。見舞いに行くと、いつもアーシャとヴォルフ様が手をつないでいる姿を見る。

——ヴォルフ様は、やっぱりアーシャが……。でも、アーシャの方はどうなのかしら……？

聞いてみたいけど、答えを知る勇気は出なかった。

「——お姉さま？　お姉さま、お召し上がりにならないの？」

アーシャの声に、私ははっと我に返った。

ずいぶんと考え込んでしまっていたらしい。ロロの器はとっくに空《から》だし、アーシャも最後の一口だ。医者も器をトレーに戻して、――ヴォルフ様も、淡々とスプーンを口に運んでいる。

「なにか考え込んでいらっしゃいました？」

「あ、ええ、ええと――そ、そう！　ちょっとお父様のことで悩んでいて……！」

慌てて誤魔化すように言った直後、私は出した話題が間違いだったと悟った。

父の話を出した途端、アーシャもロロも壁際で様子を見守っていた医者も――ヴォルフ様でさえも表情を曇らせる。

それくらい、この屋敷での父の評判は悪かった。本当に、本当に悪かった。

「……すみません、うちの父がご迷惑をおかけして」

気まずい空気の中、私は頭を下げる他にない。申し訳なさに震えながら、思い返すのは父の現在の処遇である。

父をどうするかは、今のところ保留状態だった。

魔力の暴走は精神的な影響が大きい。だからアーシャの容体が安定するまでは、とにかく父に大人しくしてもらわなければならないのだ。

なにせあの父だ。下手なことをすれば、揉《も》めるし騒ぐに決まっている。公爵家の力で強引に追い出すことはできるけど、我が父ながら、その後なにをするかわかったものではない。

ならばいっそ監視下に置いた方がマシということで、父は当面の間、暴れさせないよう公爵邸で丁寧にもてなされることとなった。シメオンさんが心労を抱えつつ、四六時中世話を焼いてくれていることを、私も噂で聞いている。

しかし、それでも父は満足がいかないようで――

「君に謝ってもらうようなことではないが……」

ヴォルフ様がため息とともにそう吐き出す。

「さすがにシメオンも愚痴が増えた。使用人たちが世話をしたがらないと」

「んにゃ……あたしもあの人好きじゃないです……。アネッサ様のお父様をこんな風に言いたくはないですけどお」

傍に控えていたロロが、彼の言葉に遠慮がちに賛同した。

さらに横からは、アーシャ付きの医者まで口を出す。

「アーシャ様の見舞いでいつも騒ぐんですよねえ。絶対安静なので、騒いだら出ていっていただくようにしていますが……」

これまでなにかと理由を付けてアーシャから父を引き離していたけれど、いい加減父も不満を溜めはじめていた。

アーシャに会わせろと騒ぐ父に、魔力も落ち着きはじめたのでじゃあそろそろ……と会わせた結果、医者の先生の言う通り。未だベッドから起き上がれないアーシャの横で、病人には聞かせがたいことを大声で話すのだからたまらない。ずっとアーシャを診《み》てくれているだけに、医者も苦々しい思いをしているらしかった。

「眠らせて森に転がしておけたら楽なんだがな。仮にも君の父親ではそうもいかない」

ため息交じりにそう言って、ヴォルフ様は空《から》のプリンの器をロロに渡した。

良かった、ちゃんと食べてもらえた――なんてほっとしている場合ではない。

――森って、転がすって……！

しかも眠らせて――って、生きて帰すつもりはないってことではなかろうか。

そんな爆弾発言、プリンを食べながらさりげなく言うような内容ではない。だけどつまりは、ヴォルフ様はそれだけ父に怒っているということだ。

「本当に、ご迷惑ばかりかけて……」

「アーシャ嬢の体を回復させるためだ、別にいい」

父に代わって頭を下げる私に、ヴォルフ様がうんざりとしたようにそう言った。

——……アーシャのため。

そうだ、ヴォルフ様はずっとアーシャのため。アーシャを救ってほしいという私の頼みを聞いてくれたのも、父をあしらってくれているのも、アーシャのためなのだ。

ありがたいのに、胸の奥がちりちりと痛む。

「……回復したあとのアーシャ嬢はこちらで引き取る。それが君の頼みだったな？」

もちろん、と言いたいのに、私はすぐに返事ができなかった。

言葉を詰まらせる私に代わり、アーシャが慌てたように口を開く。

「公爵さま、そこまでお世話になるわけには……！」

私と同じくお世話になりっぱなしで、肩身の狭い思いをしていたのだろう。アーシャはヴォルフ様の提案に、遠慮がちに首を横に振った。

「余計な気を回すな。一人増えるくらいどうとでもなる」

その遠慮を短く否定し、ヴォルフ様はアーシャに目を向ける。

冷たい藍色の瞳が、アーシャを映して熱を持つ。彼はかすかに目を細め、口元に笑みを浮かべた。

蕩《とろ》けるように甘くて、ぞくりとするほど蠱惑《こわく》的なその表情には、見覚えがある。

——あれは……

私が公爵邸に来て、すぐの頃。

真っ先に『アーシャ』を口説こうとしたヴォルフ様の、逸《はや》るような情熱的な顔だった。

――アーシャが公爵邸に引き取られたら。

もちろん嬉しいし、ありがたい。やっとアーシャがあの家から解放されるのだ。

公爵邸の使用人たちも、みんなアーシャを歓迎してくれている。今は遠慮しているけれど、きっとすぐに屋敷に馴染むことができるだろう。この屋敷でなら、アーシャは幸せに暮らせるはずだ。

彼女がこの先幸せに生きてくれるなら、こんなに嬉しいことはない。

それは、本当に、本気で思っているのに。

――私は、この光景を見続けることになるの……？

アーシャを熱っぽく見つめるヴォルフ様を、この位置で――少し離れた場所で、眺めることになるのだろうか。

――公爵邸に、残りたいと思っているのに。

この公爵邸が好きで、ヴォルフ様も使用人もみんな好きで、雇ってもらってでも残りたかった。

だけどこの先、アーシャとヴォルフ様のいる公爵邸で――私は、二人の姿を見守っていけるだろうか？

……二人のことを、心から祝福できるのだろうか？

「……お姉さま？」

ヴォルフ様の視線に気付いていないのだろう。凍り付く私に、アーシャが小首を傾げてみせる。

私は「なんでもない」とどうにか笑みを作ったけれど——上手く笑えている自信はなかった。


アーシャから父を引き離すことも、身代わりのことも、この数日ですっかり解決してしまった。

アーシャはためらっているけれど、ヴォルフ様はアーシャを引き取るとも言ってくれた。

私が望んだことはすべて叶って、私自身も良くしてもらって——なのに、私の心は日を追うごとに重くなっていく。

胸の中に、暗い、嫌な感情ばかりが増していく。

——……このままではいられないわ。

私はアーシャも好きで、ヴォルフ様も好きで、二人を悪く思いたくない。

アーシャの幸せを素直に応援したいし、もやもやを抱えたままでいたくない。

それでいて、ヴォルフ様への気持ちも変えられない。

だから——もう、こうする他にないのだ。

プリンを差し入れた数日後。まだ使用人も目覚めていない早朝に、私は一人アーシャの部屋を訪ねた。

「——アーシャ。……入るね？」

扉の前で一声かけてから、そっと扉を押し開く。

部屋の中には、すでに目を覚ましているアーシャと——ロロの姿があった。

医者の先生はまだいない。一人の時間が必要だろうと、アーシャが寝る時間は別室に移動してくれているのだ。

本当はロロも、こんな時間に起きているはずがない。なのに、どうして——と立ち尽くす私に気が付くと、アーシャは慌てた様子でロロに耳打ちした。

「じゃあ、お願いね。猫ちゃん」

「んにゃ！」

二人の親しげな様子にぎくりとする。

――アーシャとみんなが仲良くなるのはいいことなのに……

胸によぎる暗い思いを、私は唇を噛んで呑み込んだ。

ここ最近の私は、ずっと嫌なことばかり考えている。

ロロが一礼して部屋を去り、アーシャと二人きりになると、私は椅子を引いてベッドの傍に腰かけた。そのまま、どう切り出すか悩む私に、声をかけたのはアーシャの方だ。

「……お姉さま、どうなさったの？　急に『朝早くに会いたい』なんて言い出して、びっくりしたわ」

うん、と私は返事にならない返事をする。

両手には無意識に力がこもり、ぎゅっとスカートを握りしめていた。

「なにか大事なお話ですか？　それなら、わたしもお姉さまにお話ししたいことがあって――」

「アーシャ」

アーシャの言葉を遮って、私はどうにか声を絞り出す。

なにか言いかけたアーシャには申し訳ないけど、これぱっかりは私が先に話をしたかった。

「アーシャ。……ヴォルフ様は優しい人だったでしょう？」

「……えっ」

「私たち、嘘をついていたのに。お父様のこともアーシャのことも上手くとりなしてくれたんだもの。本当は、まとめて追い返されても仕方ないのにね」

アーシャは瞬《まばた》いている。前振りもなくこんな話をされて、困惑しているだろう。

だけど、今の私には順序立てて話ができるほどの冷静さはなかった。

「でもね、怒るとすごく怖いのよ！　怖かったわ。正直なところ、殺されるんじゃないかと思ったの。……前にアーシャに話したよりも、ずっと怖い方なんだと思い知ったわ」

「ええ……？」

「それでも、助けてくれるのよ、私のこと。……私と、アーシャのこと」

震えるほど怖くても、腰が抜けて声も出ないほどの怒りを向けられても。

結局そう。ヴォルフ様は見捨てないでいてくれる。

怒っていても、最後には許してくれて、いつも助けてくれるのだ。

『──もう大丈夫だ』

そう言ってくれた声を思い出す。彼は言葉通りに、本当にアーシャを助けて、安心させてくれた。

それが私は嬉しくて──苦しかった。

「噂みたいに、怖いだけじゃなかったでしょう？　冷血なんて大嘘だわ。声を上げて笑ったり、落ち込んだり悩んだり――人を好きになったりするのよ」

言いながら、私は自分で少し笑ってしまった。

伯爵家から戻ってから、私はヴォルフ様の魔族らしいところをずいぶんと見てしまった気がする。シメオンさんやメイドたちが守ってくれなければ、もしかして生きてはいなかったのかも、とさえ思う。

でも、やっぱり彼の半分は人間なのだ。

不機嫌そうにしたり、言葉に詰まったり、私から目を逸らすのだって、感情があるからできること。

私にとって彼は、誰よりも人間らしい人だった。

「――あのね」

相槌もいつの間にかなくなって、無言のままのアーシャに、私は顔を向けた。

アーシャはずっと私の顔を見て、真剣な目をしている。

こういうときに真面目に話を聞いてくれるアーシャは、やっぱり良い子だ。

こんな子、誰だって好きになってしまう。私だって、大好きなんだから。

「私、アーシャが公爵邸でいろんな人に好かれるのが嬉しいの。伯爵家でも公爵家でもアーシャはいつも中心にいてね、それを羨《うらや》ましいと思ったことはあるけど、妬《ねた》んだことはないのよ」

彼女の持つものを、欲しいと思ったことはない。横取りしたいとも思わない。

きれいなドレスに包まれ、たくさんの宝石を身に付けて、人々に囲まれるアーシャは、私にとっても自慢だった。いつか素敵な人が現れて、アーシャをあの伯爵家から連れ出してくれるなら、それは私にとっても喜びなのだ。

「アーシャが望むなら、それが叶えばいいと思っているわ。本当に、本当なの」

伯爵家にいた頃、アーシャの幸せが私のすべてだった。

私を疎《うと》む父と母、私を毛嫌いする弟。私に見向きもしない使用人。その中で暮らしていけたのは、ただアーシャがいたからだ。

あの家族の中で、アーシャを一人にできないと思ったからだ。

「でもね。……でも」

私は一度、言葉を詰まらせた。膝の上の手を握りしめ、静かに目を伏せる。

胸の中にわだかまる暗い感情を、言葉にするのが怖かった。

だけど――私は両手を握りしめる。遠ざかっていく彼の背中を、掴むように。

「私、これだけは譲れないの。相手がアーシャでも、渡したくないの――ヴォルフ様のこと」

顔を上げて、私はアーシャの目を見据えた。

今の私は姉でもなく、きっと優しくもない顔をしている。

「ヴォルフ様が好きだから、アーシャにも負けたくないの……！」

アーシャがすべてだった私の中で、一つだけ。

彼だけは、『私』が望んだものだった。

「……具合が悪いのに、こんなこと言ってごめんなさい。だから身を引いてほしいとか、諦めてとか言うわけじゃなくてね」

ヴォルフ様がアーシャを好きで、アーシャを選ぶのなら仕方ない。アーシャがヴォルフ様を好きなら、それを止める権利もない。

だけど、彼の気持ちを確かめるまでは――『もしかして』の答えを聞くまでは、諦めたくなかった。

「ただ、出し抜くようなことをしたくなかったの。アーシャのことは応援できないけど……それでも、応援してるから」

「……お姉さま」

意を決してすべてを吐き出した私に、アーシャはどことなく申し訳なさそうな顔をした。

いったいどういう表情だろう。感情が読めず、訝《いぶか》しむ私の――背後。

不意に、勢い良く扉の開く音が響き渡った。

「にゃあぁあああん！　ごめんなさーい!!」

同時に聞こえた悲鳴に、私は驚いて振り返る。

猫のような声を上げるのは、当然ロロだ。半泣きのまま体を丸め、彼女は首根っこを掴まれて震えている。

その首根っこを掴むのは――

「やっぱり、あたしにご主人様の足止めは無理でしたー!!　どう考えても力不足ですにゃ!!」

震えるほどの威圧感を放ちながら、大股で部屋に踏み込むヴォルフ様だ。

彼はいつもの熱のある視線とは程遠い、どこか忌々《いまいま》しそうな冷徹《れいてつ》な目をアーシャに向けていた。

「――シメオンでもあるまいに。俺に立ち聞きをさせようとは、命知らずな娘だ」

――……立ち聞き？

どういうことかとアーシャを振り返れば、彼女は慌てて首を振る。

「わ、わたしはただ、誰も部屋に入れないようにお願いしただけで……。きっとお姉さまがいたら、公爵さまがいらしてしまうと思ったから」

――えっ。

……ヴォルフ様が、来る？

「お姉さまが誤解していることをお話ししようと思ったのよ。でも、公爵さまの前では言いにくいでしょう？　公爵さまがこの部屋を訪ねるのは……たぶん、本当はお姉さまに会いに来ているんだって――あ」

あ。

慌てて口を押さえるアーシャを、ヴォルフ様が凍える目で睨み付けた。まるで射殺すような鋭い視線に、アーシャが体を竦《すく》ませる――が。

彼の視線はすぐにアーシャから逸らされる。代わりに彼が見据えたのは、私だった。

――な、なんで⁉

と動揺する私に、ヴォルフ様はまっすぐ向かってくる。

いつの間にロロを手放したのだろう。彼は私の前で立ち止まると、空《あ》いた手を伸ばし――

「……えっ」

困惑する私の腰を、ぐっと抱き寄せた。

いや、抱き寄せただけではない。そのまま私を、ぐわんと肩まで持ち上げる。

抱えるとか、横抱きでもない。私はまるで、荷物のように担ぎ上げられていた。

「えっ、ええっ⁉　ヴォルフ様⁉」

「今回は無礼を見逃してやる。代わりにアネッサ《これ》はもらっていくぞ」

――もらわれる⁉

状況が呑み込めない私を担いだまま、ヴォルフ様は容赦《ようしゃ》なく部屋の外へと歩き出す。

どこへ連れていかれるのかも、連れていかれた先でなにが起こるかもわからない。

震えながら、助けを求めるようにアーシャを見やれば、彼女は無言で首を横に振った。

知らぬ間にヴォルフ様から逃げ出し、アーシャの傍で震えるロロも、耳をぺたんと倒しつつ同じように首を振る。

あっ、これ見捨てられた。

薄情者‼

◆◆◆

「――こ、怖かったぁあ…………」

「ふにゃあ………」

ビスハイル公爵が姉を連れ去ったあと、緊張の解けたアーシャは、ロロという猫獣人のメイドとともにへなへなとへたり込んだ。恐怖に強張っていた体から力が抜け、もう腕を上げることもできない。

今さらながらに体が震え、どっと冷や汗が流れ出す。

「お姉さま、すごいわ。あんな方の傍にいて平気なんて……」

心の底からそう言って、アーシャは長い息を吐く。

姉の言葉を疑うつもりはないけれど、あの公爵が声を上げて笑ったり、悩んだりするなど信じられない。アーシャの目に映る彼は、いつも無情で冷酷だった。

その印象は、初めて彼を見たときから変わらない。無理な旅に連れ出され、意識も混濁していた彼女が最初に見たのは、おぞましいほどの魔力を放つ彼の姿だ。

アーシャの魔力を強引にねじ伏せ、こちらを見据えた彼の視線は今も鮮明に覚えている。冷たい瞳の中にあるものは、一見すると情熱にも似ていたけれど、そうではないと彼の魔力が告げていた。

あれはもっと冷ややかで酷薄な――獲物をいたぶる獣の欲だ。

あのとき、アーシャは彼の冷徹《れいてつ》な美貌から目を逸らすことができなかった。目を離した瞬間に、殺されてしまうような気がしたのだ。

魔力制御のために彼が部屋を訪ねてくるたび、アーシャは飢えた獣の傍にいる気がしていた。声も出ず、身じろぎもできず、握られた手から叩き付けられる魔力に怯《おび》えることしかできない。恐怖に暴走しようとする魔力さえ、彼の前では無力だった。

彼の行為は、アーシャの魔力を抑制してくれている。そうとわかっていても、いつか殺されるような気がしてならなかった。

――でも、お姉さまがいるときだけは。

見舞いに来る姉の声を聞き、姉の姿を見つけたときだけは、無情な公爵の目に光が宿る。凍り付くような冷たさも、目に浮かぶ獣めいた欲も薄れ、張り詰めた空気が穏やかになる気がした。

そうして、姉が見舞いを終えて帰ると、公爵も用は済んだとばかりに部屋を出ていくのだ。

「殺されるわけじゃない、ってことはわかっているのだけど……」

信じられないことに、アーシャは彼に助けられたらしかった。

彼の放つ魔力と威圧感は恐ろしいが、公爵がアーシャに手を出したことは一度もない。それどころか公爵邸でのアーシャの扱いは、気後れするほどに丁重だった。

本当は、怖がらずに感謝するべきなのだろう。そうとわかってはいても、本能的な恐怖は消すことができない。公爵が横にいると、いつも震えて動けなくなってしまっていた。

そういうわけで、姉が訪ねてくると「助かった！」と安心し、ついつい普段以上に明るい態度になっていたのだ。

「……わたしには無理だわ。どうしても怯《おび》えてしまうもの」

「んにゃ……魔力持ちの方は、みんなそう言いますね」

アーシャの独り言に、ロロが耳をぺたんと伏せたまま、心底同意するように頷いた。

「ご主人様の魔力、本当に凶悪らしいですから。仮面で魔力を抑えていても、ぜんっぜん抑えきれていないんですって。まあ、あたしは魔力がないからわからないですけど……」

怖さはわかりますにゃ、と言ってロロは身を竦《すく》ませる。

きっと彼女だけではなく、屋敷の使用人たちはみんな、主人の怖さをよく知っているのだろう。

ただ一人、姉だけが知らないのだ。

魔力がないのが幸いしたのか、あるいは運が悪かったと言うべきか。薄々怖さを感じてはいるようだけど——姉はおそらく、相手の本当の恐ろしさに気付いていない。

——お姉さまが、そんな人を好きになるなんて……。

そこまで考え、アーシャは重たく頭を振る。

はじめアーシャは、姉が悪魔に魅入られたのだと思った。あれほど無情で恐ろしい相手なのだ。騙されているか、洗脳されているか、魅了の魔法でもかけられて、いいように玩具《おもちゃ》にされているのでは、と震えたものだ。

——でも、お姉さまは本気なのよね。

姉の公爵への想いには、嘘もなければ、洗脳や魅了もなかった。

そのことは、先ほどの告白を聞かなくても、姉を見ていればよくわかる。

そして同じだけ、公爵が姉を想っていることも、傍で見ていてわかってしまった。

——お姉さまが部屋にいるとき、あの方、ずっとお姉さまを見ているのよ。

姉を見て、目が合うとすぐに逸らして、姉がうつむくとまた目を向ける。

なにか言いたげにしているのになにも言わず、苦々しそうに口を結ぶ姿は、言葉以上に明確に彼の感情を伝えていた。

いいように玩具《おもちゃ》にされている——なんて、邪推もいいところだ。二人の態度は、横で見ているアーシャの方がもどかしいくらいだった。

「不安ではあるけど……これがお姉さまの幸せなら、反対はできないわ。……あの方がお義兄《にい》さまになるのなら、慣れないといけないわね」

これは難しい仕事だわ、とアーシャはベッドの上でため息を吐く。

それから気持ちを切り替えるように顔を上げ、ベッドの端でへたり込んでいるロロに目を向けた。

「猫ちゃんも、ありがとう。怖かったのに公爵さまを引き留めてくれて」

「んにゃ……」

アーシャの言葉に、ベッドの端にしがみついていたロロが首を横に振る。

恐怖は残っているものの、その顔に浮かぶのは、胸を張るような笑みだった。

「いいんですよ。これもアネッサ様のためですから」

「お姉さま、慕われているのね」

「もちろん！　みんなアネッサ様のことが好きですにゃ」

「そうなの」

アーシャはくすりと笑み、そのまま少しだけ視線を落とした。

姉が好かれるのは嬉しい。伯爵家にいる間、理不尽に蔑《さげす》まれてきたのだ。その責任の一端はアーシャにあるのに、なにもできずにいた。

だから、この公爵家できちんと姉が認められているのは、本当に嬉しいのに――

「……妬《や》けちゃうわ。わたしが一番、お姉さまのことを好きなのに」

胸の中、かすかに感じるもやもやに、アーシャは自分で「ふふ」と笑う。

きっと、姉離れができていないのはアーシャの方なのだ。

そんなアーシャに、ロロはどことなく猫っぽい表情で、ニヤリと口の端を持ち上げた。

「んー……でもう、一番の座は返上ですかにゃ」

「……意地悪な猫ちゃんだわ！」

ムッと顔をしかめると、アーシャは笑う猫獣人の頭をくしゃくしゃに撫でてやった。

◆◆◆

私を担ぎ上げてアーシャの部屋を出たヴォルフ様は、問答無用で公爵邸の廊下を歩いていく。

私という荷物を抱えているのに、ヴォルフ様の歩みは速い。廊下をすれ違う使用人たちが驚きの眼差しを向けるが、彼は気にせずずんずん進む。

だけど私は、気にせずにはいられない。突き刺さる視線に、頭の中は大混乱だ。

——ど、ど、どういうことですか、これ⁉

「ヴォルフ様！　ヴォルフ様⁉　と、止まって……」

「断る」

「断らないでください‼」

私の必死の叫びを、彼はまったく意に介さない。

短く否定するだけで、止まりもしないし、放しもしないし、説明もしてくれない。

——な、なにがどうなって……！

ヴォルフ様の行動の理由も、これから私がどうなってしまうのかもわからない。

まるで状況が理解できず、混乱と恐怖に頭の中がぐるぐるしていた。

——私、ヴォルフ様に避けられていたんじゃないんですか⁉

アーシャが来てからはそっけない態度で、目も合わせてくれなかった。なのに、アーシャのことは熱心に見つめていて——ずっと苦しかった、のに。

——それが、どうしてこんなことに⁉　ヴォルフ様はアーシャを好きなはずでしょう⁉　だって毎日会いに行って……で、でも！　アーシャが言うには私に会いに来ていたって……⁉

「――シメオン！」

ぐるぐる頭でヴォルフ様に担がれていた私は、その声に少しだけ我に返った。いつの間にかヴォルフ様の足が止まっているけれど、それを気にしている余裕はない。

――し、シメオンさんがいる⁉

シメオンさんなら、ヴォルフ様を止められるかもしれない！

そう思って周囲を見回して、私はようやく自分がどこにいるのか気が付いた。

見覚えのある扉は、ヴォルフ様の私室のものだ。部屋の前にはシメオンさんがいて、その後ろに――見たくなかった恰幅《かっぷく》の良い体がある。

――お父様‼

ぎょっと目を見開く私の前で、父も似たような表情を浮かべている。シメオンさんやヴォルフ様に気を回してもらい、なるべく父と顔を合わせないようにしていたのに、よりによってこんなタイミングで出くわすなんて！

「シメオン、しばらく俺の部屋には誰も入れるな！」

「ヴォルフ様？　しかし、先ほどからリヴィエール伯爵がヴォルフ様に会いたいとおっしゃられて」

シメオンさんの話から察するに、父は留守中のヴォルフ様を待って部屋の前にいたのだろう。

だけどヴォルフ様は父に見向きもしない。本当に、まったく目に入っていない様子だった。

「そんなものはあとにしろ！」

「あとに」

逸《はや》るようなヴォルフ様の言葉を、シメオンさんはぽつりと繰り返した。

それから父を見て、私を見る。

「し、シメオンさん……！」

助けてください！　――と私はシメオンさんに、必死に目で訴える。

だって、ヴォルフ様の様子は明らかにおかしかった。興奮しているのはもちろんのこと、妙に野性的というか――野獣的と言うべきか。まるで獲物を前にした肉食獣だ。そして、どう考えてもその獲物は私である。

このままヴォルフ様と二人きりで部屋に入って、無事に済む気がしない。骨の髄まで食べ尽くされる予感がする。物理的に。

――ヴォルフ様を止めてください、シメオンさん！

心の底から救いを求め、私はシメオンさんの端整な顔を見つめた。

彼は私の視線を受け、一度目を瞬《またた》かせてから――にこりと笑んでみせる。

ほっ、と息を吐いたのも束の間。シメオンさんはすぐにヴォルフ様に向き直り、こういうときばかりはエルフっぽく、無機質なすまし顔を浮かべた。

「承知いたしました。ご命令とあらば」

――シメオンさーん⁉　承知しないで‼

こ、こうなったらもう、父でもいい。とにかく誰かに、ヴォルフ様を止めてもらわないと！

ヴォルフ様に会いに来た父なら、このまま彼を見逃しはしないだろう。なんとかしてくれないかと、私は縋《すが》るような目を父に向ける。

父は呆けたように私を見つめていた。だが、その顔が徐々に強張っていく。

こめかみがひくひく震え、頬に赤が差しはじめるのを見て、私は反射的に体を固くした。

不本意ながら、この表情をよく知っている。父が癇癪《かんしゃく》を起こす前兆だ。

「閣下！　どういうことです！　こんな娘より、私が先に話を――」

「あとだ。――わかったな、シメオン」

ヴォルフ様はシメオンさんに念を押すと、父の顔を見もせずに部屋の扉に手をかけた。

部屋に担ぎ込まれる私の視界には、すました顔で見送るシメオンさんと、怒りに顔を赤くしながら、不満を叫び続ける父の姿がある。

だけどその姿も、パタンと閉じられた扉によって見えなくなってしまった。

部屋の中にはヴォルフ様と二人きり。凍り付く私を片手で担いだまま、彼は後ろ手に鍵をかけた。

ガチャリと、絶望を告げるような音がする。

「あ……あの……」

呼びかける声に、ヴォルフ様は答えない。もしかして、このまま何事もなく終わらないかなあ――と儚《はかな》い希望を抱く私を、彼は無言でベッドの上に転がした。

背中にはシーツの感触。仰向けに寝転がる私の上に、ヴォルフ様がためらいもなくのしかかる。

「ヴォルフ様！　ま、待って！　待ってくださ――んん!?」

慌てて身を起こそうとする私をベッドに押さえ込み、ヴォルフ様は容赦《ようしゃ》なく口付けをした。

顔が近付いてくる――などと思う余裕もない。押し倒された次の瞬間には唇が重なっていたし、直前まで口を開けていたせいで、拒む間もなく舌が入ってくる。

口の中を舐められ、舌を絡ませられ、私は瞬《まばた》きさえも忘れた。

こちらの戸惑いなど構いもせず、ヴォルフ様は私の腰を抱いて、後頭部に手を差し込んだ。そのままぐぐっと体を密着させ、何度も角度を変えながらされるキスに、頭がくらくらする。

強い腕の中、私はもがくことさえ許されない。唾液の混ざる音だけが、耳に鮮明に響く。

――な、な、なに、なにこれ⁉

前に不意打ちでされたときと全然違う。甘くも優しくもないこのキスは、まるで噛み付かれているような気さえした。なのに、妙に煽情《せんじょう》的で、体が疼《うず》くように熱く――って！

――そうじゃないわ‼

頭に浮かんだ思考を追い払うように、私は内心で叫んだ。ついでに頭を振って気を落ち着かせようとするけれど、動かない。そんなこともできないくらいに、体を固定されてしまっている。

唇は離れず、体も離れず、押し返そうと力を込めてもびくともしない。

――で、でも！　ここで流されるわけにはいかないわ‼

諦めずにどんどんとヴォルフ様の胸を叩くと、彼はようやく口を離した。興奮したように荒い息を吐き出してから、距離を取ろうと体を押す私を、熱の冷めない目で見つめてくる。

「……なんだ」

「な、な、なんだじゃないです!!」

――むしろ「なんだ」はこっちですよ!!

口の中の唾液を飲み込み、私は涙目で首を振った。

――ううう……ヴォルフ様のも混ざっているのに……ま、まだ口の中に感触が残ってるし……!

顔が熱くて、心臓がうるさい。ヴォルフ様の興奮が移ったように、体が熱を持っている。

このまま近くにいたら危険だと、私はどうにかヴォルフ様の下から抜け出して、ベッドの上に身を起こした。

その様子を、ヴォルフ様が恐ろしいほど不機嫌な目で見据える。

「いいから、大人しくしておけ」

淡々としているのに熱のある声でそう言うと、ヴォルフ様は私の肩を掴んだ。大きな手のひらで私の体を固定し、彼は続きをしようと言うかのように顔を寄せてくる。

飢えたように吐息を漏らす彼の口に、私はこれから、キスをされるのか噛み付かれるのかわからなかった。捕食される寸前の獣にでもなった気がして、体が勝手に固くなる。

そのくせ、彼の手付きも視線もとろりと誘うようで――いやいやいや!!

「待ってくださいってば‼」

自分の思考を断ち切るように、私は声を張り上げた。その勢いで、迫りくるヴォルフ様の口を手で押さえると、彼は過去最高に苛立った様子で私を睨み付ける。

その目にすら欲情の色があり、背筋がぞくぞくした。が、強引に目を逸らして耐える。身を任せるわけにはいかない。嫁入り前だとか、怖いだとか、そういう理由もあるけど――

「私は！　な、納得していません‼」

なにより、私の気持ちが追い付いていなかった。

この状況でヴォルフ様がなにをしようとしているかは、さすがの私でもわかる。物理的に食べられるのではなく、獲物としていたぶられるわけでもない。これはきっと、恋人同士がするような行為なのだ。

だけどそれなら――今までの態度はなんだったと言うのだろう。

「どうしてこんなことするんですか！　アーシャのことはなんだったんですか⁉　ずっとアーシャのことを見つめていたじゃないですか！」

一度口を開くと、疑問は止まらなかった。早口に告げながらも、頭の中はこれまでの日々を思い返している。

アーシャが来て以降、ヴォルフ様はずっと私によそよそしかった。

アーシャだけを見つめて、私からは目を逸らして、話す言葉もどこかそっけない。

その姿を、私はずっと見つめてきたのだ。

「ま、魔力制御のためとはわかっていましたけど、いつもアーシャの部屋にいましたし！　最初はシメオンさんと交互だったのに、最近ではずっとヴォルフ様で……アーシャと一緒にいる時間を増やしているのかと……！」

言いながら、目の奥が熱くなる。どこをどう考えても、二人の間に私の割り込む隙間はなかった。

――やっぱり。

私は身代わりで、偽物で、本物はアーシャなのだ。

それなのに押し倒されて――ドキドキしている自分が、許せなかった。

――ヴォルフ様は、アーシャのことが好きなのに。

こんなことまで身代わりになって、彼に身を任せることはできない。

それはアーシャにも――私自身にも、あまりにも不誠実すぎる行為だ。

「…………」

言葉に詰まり、声が出ない私を、ヴォルフ様は無言で見つめていた。

無言のままに、彼の端整な顔が少しずつ歪《ゆが》んでいく。

いったいどんな感情でいるのだろうか。

彼らしくもなく、口元を大きく歪《ゆが》め、堪《こら》えるように目をつむり、苛立たしそうに奥歯を噛み――

それから、大きく息を吐き出した。観念した、とでも言うかのように。

「………………君の妹が言っていただろう」

「……はい？」

「君に会いに行ってたんだよ！　――くそ！　なんてことを言わせるつもりだ！」

憎々しげにそう吐き出すと、彼は自分の頭に手を当てて、くしゃりと髪を乱した。私から逸らされた目は、どこに向くでもなく壁を睨んでいる。まるで怒ったような表情にも見える、けど。

――少しだけ……頬が赤くなっている？

まさか、と私は内心で否定する。だってヴォルフ様だ。だって、いつも余裕のある人が――そんな顔をするなんて。

「わ、私に会うのに、どうしてアーシャの部屋なんです？　普通に会えばいいじゃないですか！」

「君が俺を避けるからだろう！　部屋を訪ねても、いつも留守にしていたじゃないか！」

ヴォルフ様は、掴んだままだった私の肩に力を込める。

ぐっと顔を寄せられ、見据えられれば、今度は私が口をつぐむ番だ。

彼の言う通り、私がヴォルフ様を避けていたのは事実なのだから。

――で、でも、それは……！

「それは、ヴォルフ様が私によそよそしい態度を取られるから！　話しかけてもそっけない返事しかしてくださらなかったから!!」

「アーシャ嬢が来てから、よそよそしくなったのは君の方だろう！　なにを話しても上の空で、いつもアーシャ、アーシャと!!」

ぐっ……と私は言葉を詰まらせる。

アーシャが屋敷に来た日、見つめ合う二人の姿を見てから、たしかに私はいろいろ思い悩むようになっていた。ヴォルフ様とも顔を合わせにくくて、ついついアーシャのことばかり考えるようにしていたのだ。

そうこうしているうちに、ヴォルフ様とアーシャが一緒にいる時間が増えていき――

いつの間にか、こんな状況になってしまった。

――そ、それじゃあ私が悪かったの!?

否定できず、私は「ぐぬぬ」と小さく呻《うめ》く。どう考えても、発端は私の勘違いだ。

ちらりとヴォルフ様を窺《うかが》い見ると、彼も苦々しく私を見ている。互いに口を閉ざし、気まずい沈黙の中、私はもう一度ぐっと呻《うめ》いた。

――ぐぐ……ぐ……

「…………ごめんなさい」

苦さを噛み殺し、口から絞り出したのは謝罪の言葉だ。恥ずかしさといたたまれなさを感じながら、私はヴォルフ様に頭を下げる。

「勝手に勘違いして、ヴォルフ様を避けていました。確認すれば良かったのに、勇気も出なくて」

「……ぐ」

と言ったのは私ではない。思わず顔を上げた先、ヴォルフ様がますます苦々しそうに顔をしかめている。

「君のそういうところが……！」

彼は「くそっ」と吐き出すと、荒く髪を掻く。それから口を閉ざし、しばらく。

いたたまれない沈黙のあとで、彼は重たげに口を開いた。

「……俺の方こそ、悪かった」

怒ったように眉間に皺《しわ》を寄せ、きつく私を見据えながら、彼は謝罪を口にする。

「つまらない態度を取って、君を不安にさせた。……すまない」

「……ヴォルフ様」

怒ったような表情なのに――そうでないことは、その顔を見れば明らかだった。

かすかに染まった頬から、私は目を離すことができない。

この表情に、ヴォルフ様自身は気が付いているのだろうか。息を呑んで見つめる私から逃れるように、彼はふいと顔を逸らしてしまう。

「子どもみたいな拗《す》ね方だった。君が、俺よりもアーシャ嬢ばかりを優先するから」

逸らされて、横を向いたヴォルフ様を、私は見つめ続けていた。

いつもの、表情の薄いヴォルフ様とはずいぶんと違う。苛立ちも苦さもないまぜになったその横顔を、私は見惚《みと》れるように眺め――

思わず、ぽつりとつぶやいた。

「……じゃあ、アーシャを見つめていた理由はなんだったんですか」

ヴォルフ様は、逸らした視線をさらに遠くに逸らす。いかにも、逃げるかのように。

――ヴォルフ様!!

やっぱり後ろめたいことがあるんじゃないですか！

◆
◆
◆

——なんて辱《はずかし》めだ!!

間近で感じる彼女の視線に、ヴォルフは内心で叫んだ。

あらかた真実を告白しきったあとは、もう彼女の顔を見ていられない。

情けないし恥ずかしい。あまりにも子どもじみた意地と嫉妬《しっと》だった。これでもそれなりに女の扱いには慣れているつもりだったのに、どうしてここまで空回《から》るのかと、自分自身に腹が立ってくる。

——こ、こんな辱《はずかし》めを受けさせて、ただでは済まさないぞ……!!

具体的には、今日のこの告白を忘れさせるくらい、身も心もぐずぐずに溶かしてやる。

自分が感じた恥ずかしさを、同じだけその身に教えてやる——などと考えるヴォルフに、彼女の質問はさらなる追い打ちをかけた。

「——君の妹を見つめていた理由は」

彼女の問いを繰り返し、ヴォルフは眉間に皺《しわ》を寄せた。

言いたくはないが——言わざるを得ないだろう。

「……君に似ていたからだ」

苦々しく吐き出し、ヴォルフは頭を振った。

頬が熱いのは、照れくささのせいだろうか。瞳も、かすかに潤んでいる気がする。

「君の魔力に、香りが似ているんだ。甘くて――魔力量が多い分だけ、濃い」

初めて彼女の妹――アーシャを見たときから、たしかにヴォルフは目を奪われていた。

父親の魔力も彼女に似ていると思っていたが、アーシャは姉妹だけあって格別によく似ている。

おまけに、ただでさえ魔力が豊かな上、暴走中だから遮るものもなく放たれ続けているのだ。

彼女の魔力は弱くて、至近距離でなければ感じられないが、アーシャの傍ならずっと感じられる。

まるで、彼女のはらわたを撒《ま》き散らかしたような――血を直接浴びたような心地良さに、ヴォルフは酔っていた。

――美味《うま》そうだ。

アーシャの傍にいるたびに、いつもそう感じていた。

引き裂いたらどうなるだろう。悲鳴も似ているのか。泣き顔も似ているだろうか。顔立ちは異《こと》なるが、体はどうだろう。アーシャを壊《こ》し《れ》たら、愛しい彼女はどんな顔をするだろう――

――きっと、ぞくぞくするほど可愛い顔を見せてくれるはずだ。

無意識に笑みそうになる口元に手を当てて、ヴォルフは彼女を振り返った。

薄く香る彼女の魔力は、妹とよく似ていてもやはり違う。代替にはなっても、所詮はそこまでだ。それなのにあれほど酔ってしまったのは、未だ彼女を得られないもどかしさゆえだろう。

それを当人に知られるのは、あまりに気恥ずかしく、居心地が悪かった。

「……誤解させて悪かった。君の妹に特別な感情があるわけではない」

もう、これ以上かく恥はないだろう。

そんな気持ちでヴォルフは彼女の顔を窺《うかが》い見て――

虚をつかれたような彼女の顔に、ヴォルフもまた瞬《まばた》いた。

「ヴォルフ様……」

声に含まれるのは、喜びでも安堵でもない。ただ純粋な驚きだった。

「――私、魔力があるんです？」

◆
◆
◆

魔力というと、普通は選ばれた人間しか持ち合わせない特別なものだ。

魔力を持つ親から生まれた子でも、確実に魔力を引き継ぐわけではない。魔力を持たない親の子よりは可能性が高い、というだけの話だ。

それでも、希少性の高さから、魔力持ちを求める貴族は多い。伯爵家の娘であるアーシャに、格上の家から山ほど結婚の申し込みが来るのは、それだけ魔力の価値が高いからだ。

魔力の有無は、幼い頃に魔術医によって診断される。

私も子どもの頃に診断を受け、魔力がないとはっきり伝えられた。

そもそも、両親も弟も魔力を持たない。だからこそアーシャが、特別に父に目をかけられてしまったのだ。

「――気付いていなかったのか？」

ヴォルフ様は驚く私の顔を見やり、意外そうにそう言った。

ついでに私の手を取って、手の甲を顔に引き寄せる。そのさりげない行為に、思わず身をのけぞらせるけど――ヴォルフ様に変な意図はないらしい。

彼は私の指先を鼻に近付け、クンと嗅いだ。

「かすかだが、甘く香る。まあ、ただの人間では気が付かないかもしれないな。魔族は魔力に敏感だから、気付きやすい」

「かすか……甘く……」

「濃さの違いはあるが、魔力は血に受け継がれるものだ。これは君の父親からの血なのだろう。香りがよく似ている」

うっとりとしたヴォルフ様の目の色に、私は息を呑む。

……この目、この表情。覚えている。

私が公爵邸に来た翌日――『アーシャ』を口説いていたはずのヴォルフ様の顔だ。

「ヴォルフ様！　あ、あの、か、確認してもいいでしょうか……？」

「確認？」

私の手から顔を離し、ヴォルフ様は首を傾げた。

私はもしかして――ずっと勘違いをしていたのかもしれない。

「ええと、だいぶ前のことで申し訳ないのですけど……リヴィエール伯爵家のパーティに来た日のことを覚えていますか？」

「伯爵家のパーティ？　……ああ、君と会ったときのことか」

私と。――アーシャではなく、『私』と会った、と。

……その返事から、もう嫌な予感がする。

「ヴォルフ様、そこでアーシャにお会いしましたか……？　アーシャの誕生パーティだったので、主役として会場にいたはずなのですが」

「いや？　適当に物色して満足したから、主役の顔を見る前に帰ったはずだ。……非礼を詫《わ》びるべきか？」

物色って、なにを物色したのだろう。昔のヴォルフ様は女性好きとして知られていたはずだから……や、やっぱり女性だろうか。

うっ、と胸が痛むが、今大事なのはそこではない。頭を振って追い払い、私は確かめるようにもう一度尋ねた。

「ええと、詫《わ》びはいいのですが……。その、アーシャに会っていらっしゃらないのですね？　……遠目からでも？」

「ああ。あれだけの魔力持ちなら、さすがに一度見れば印象に残るはずだ」

ヴォルフ様は……アーシャに会っていない……

――それはつまり……つまり……！

「つまり──ヴォルフ様から結婚の申し込みがあったとき、『緑の瞳の娘』宛だったのですけど！　ヴォルフ様が申し込んだのってもしかして──」

「君のことだが。……ああ、あのときはまだ名前がわからなかったから──」

ヴォルフ様が言葉を呑み、はっとしたように私を見つめる。おそらく彼の目には、青ざめた私の顔が映っていることだろう。だって、身代わりで悩み、正体を明かす決意をして伯爵家に戻って、ヴォルフ様の怒りを買って──

──あれは……あの悲しみと苦悩は……辛さは…………

遠い目をして震える私を眺め──ヴォルフ様は「ハッ」と笑うように息を吐き出した。

「そこからすれ違っていたのか！」

はぃいいいい！　ごめんなさい！　ごめんなさい!!

──私、ずっと勘違いしていましたぁあああ!!

「わ、私はてっきり……ヴォルフ様は本物のアーシャを見初《みそ》められたのかと……！」

恥ずかしさに埋もれ、真っ赤になって言い訳をする私を前に、ヴォルフ様は笑い続けている。

彼らしくもなく、お腹を抱えて笑う姿に、私の顔はますます熱を持つ。

──う、ううう……恥ずかしい！　でも、これは笑われても仕方ないわ……！

私にとっては心が折れそうなくらい辛かったけど、こうなってしまうといっそ喜劇だ。

当人は笑えないけども！

「どうりで。そもそもどうして君が『妹の身代わり』なんてしているのだろうと思ったんだ」

「で、ですよね！　ヴォルフ様からしたら意味不明ですよね!!」

だって求婚された当人が来ておきながら、別人の身代わりをしているのだ。自分で考えても意味がわからない状況である。

「それでずっと勘違いしていたのか。俺が君の妹を見初《みそ》めたのだと」

くく、と実に愉快そうにヴォルフ様は笑っていた。恥ずかしさに涙目の私と目が合うと、彼はにやりと目を細める。まるで他人事のように笑うヴォルフ様を、私は八つ当たりのように睨み付けた。

――ヴォルフ様だって、名前くらい調べておいてくれれば良かったのに！

とは口には出せない。

だって、指名しなかったことを利用して、先に嘘をついたのはこっちなのだ。ヴォルフ様としては指定通りの相手が来たわけだし、偽名を疑いもしなかったのだろう。

そう考えると、つくづく私と父は間抜けだ。普通に私を送り出していれば、こんなにこじれることもなかっただろうに。

うう……と呻《うめ》く他にない私の手を、ヴォルフ様が不意に——何気ない様子で取った。

それから楽しそうな瞳に私を映し、どこか気取った調子で呼びかける。

「『アーシャ』」

ぎくっとする声音だった。

甘く蕩《とろ》かすような声に、心を惑わす目の色。口元には薄い笑みが浮かんでいる。

威圧感の中にある、呑み込まれるような雰囲気に、私は目を奪われていた。

掴まれた手は振り払えない。このまま、引きずり込まれるのではないかと錯覚する。

魅惑的で、情熱的な——今まで、何度も偽物《私》に呼びかけたヴォルフ様の姿だ。

「……ヴォルフ様？」

身を強張らせる私に、ヴォルフ様はふっと息を吐く。

その瞬間に、金縛りが解けたかのように体から力が抜けた。

ヴォルフ様は、相変わらず笑みを浮かべている。

「いくら口説いても応えてくれなかったのは、自分ではなく妹に向けられた言葉だと思ったからか。あれだけ言葉を尽くしていたのに、よくもまあ勘違いし続けられたものだ」

——で、ですよね……！

思えばヴォルフ様は、かなり言葉で示してくれていましたもんね！

「少しくらいは疑わなかったのか。一月《ひとつき》も公爵邸で暮らしていたんだぞ？　たとえ見初《みそ》めたのが本当に君の妹だったとしても、君と一緒にいた時間の方が長かっただろう」

「お、思いませんでした……。むしろ、それだけヴォルフ様はアーシャのことが好きなのだと……」

恐縮する私を見下ろして、ヴォルフ様は大きくため息を吐いた。

呆れた様子だけど、やっぱり顔は笑っている。くう……！

「それで、『本物のアーシャ』に不安になっていたんだな？　俺が心変わりしたとでも思っていたのか」

「か、変わると言いますか……戻ると言いますか……」

最初から、ヴォルフ様の心はアーシャのところにあると思っていた。それに加えて、ここ数日のアーシャへの態度だ。一瞬『もしかして』と考えたこともあるけど、やはり彼はアーシャを好きなのだとしか思えなかった。

「アーシャは可愛いですし、性格もいいですし。私と違っていろんな人に好かれていますし。実際のアーシャを見たら、やっぱり私よりもアーシャの方がと――」

「君の妹は」

私の言葉を遮り、ヴォルフ様は握った手に力を込めた。痛いくらいの力に驚き、伏せていた目を上げれば、ヴォルフ様の視線とかち合う。

「目の前で口説いてもわからないくらい鈍い娘なのか？」

ヴォルフ様は目を細めていた。だけど、少し前までの笑みとは違う。

肌で感じる威圧感に、なんとなくだけど察してしまう。

――き、機嫌を損ねていらっしゃる……？

さっきまであんなに笑っていたのに、どうして――と考えると、おそらく私のせいだろう。

知らないうちに、なにか余計なことを言ってしまったのだ。

「こんな間抜けな勘違いをするような娘なのか？」

「し、しません……」

アーシャは察しのいい子だ。たぶんすぐに気が付いただろう。間抜けなのは私と――今回の件の発端である、父くらいなものだった。

「勘違いした挙句、菓子を押し付けて逃げるようなことをするのか？」

「しないです……！」

「そもそも、自分で菓子を作って、しかもそれを袖に忍ばせていたりするのか？　使用人に配り歩いて、評判になったりするのか？」

「し、しないです！　しませんね!!」

――評判になっていたんですね！　恥ずかしい!!

仮にも貴族令嬢が、厨房に立つなんてもってのほか。その上作ったものを配り歩くとなれば、もはや貴族令嬢ではなくどこぞの親戚のおば様である。アーシャどころか、社交界の誰もこんなことはしないだろう。

うう、ともう何度目かわからない呻《うめ》き声を上げる私を、ヴォルフ様が無言で見やる。

表情はさっきまでと変わらない。だけど、肌に触れる雰囲気が、少し和らいだ気がした。

――……機嫌を直していらっしゃる？

まじまじと顔を見る私に、ヴォルフ様がふっと笑みを吐き出した。

「君は、すぐに俺の機嫌に気が付くな」

そう言うと、彼は掴んだままの私の手を引き寄せる。

そのまま私の指先に唇を寄せると――ちゅ、と音を立てて口付けた。

ほんの一瞬触れるだけ。さっきまでもっとすごいことをされていたのに、それだけで私の心臓が大きく跳ねる。

「どこからやり直せばいい？」

──やり直し。

ああそうだ、これは二日目。自己紹介をしたときに、ヴォルフ様がしたことだ。

あのときは『アーシャ』の名前を聞いて、ヴォルフ様を押し返してしまったけど──

「どう言葉を尽くせば、君は俺の気持ちを理解する？　──アネッサ」

私の名前を呼ばれてしまえば、拒むことはできない。ヴォルフ様に触れられた手が熱を持ち、気恥ずかしさに目を伏せた。

「ええと、ヴォルフ様、そ、それは、ええと……」

なにか答えないと、と思うのに、意味のない言葉ばかり口から出る。

額からは汗が滲《にじ》んで、ヴォルフ様に掴まれた手のひらまでしっとりと汗ばんでしまう。

瞳が熱に潤み、心臓の音がうるさい。頭がなにも考えられなくなる。

とにかく手を放してもらわなければと、私はどうにか言葉を絞り出した。

「お、お言葉は大丈夫です。ええと、あの、ヴォルフ様のお気持ちはもう十分──いっ⁉」

真っ赤になりながらしどろもどろに話す私の声は、途中で悲鳴に変わった。

指先に感じるのは、ピリッとした痛みだ。

何事かと慌てて顔を上げれば、ヴォルフ様が私の指先を噛んでいる。

——……噛んでいる!?

「ヴォルフ様!?　な、なにを……」

戸惑う私の目の前で、ヴォルフ様は指先をなぞるように舐めた。それからゆっくりと、手首のあたりまで舌先でたどる。

くすぐるような舌の感触に、背筋がぞわぞわした。手の汗が……なんて気にしている場合ではない。このまま彼の舌で、肌まで溶かされてしまいそうな気さえした。

「——なにを、だと？」

ちゅう、と手首を吸ってから、ヴォルフ様は煽情《せんじょう》的な目を私に向けた。

片手を腰に回され、せっかく取っていた距離を、またぴたりと寄せられてしまう。

「やり直しだと言っただろう」

「やり直してないですよね!?」

二日目の自己紹介のとき、たしかに抱き竦《すく》められはしたけど——ここまでのことはしなかった！

「君が拒まなければ、こうするつもりだったが」

「こうするつもり……って！　手が！　手が早すぎます!!」

——あのとき、ほぼ初対面でしたよね!?　どうやり直しても、こうはならないんです

けど⁉

「どうせ結婚するなら、いつしたって変わらないだろう」

「そ、そういう問題じゃありません！」

と言いつつ、このやり取りはなんだか記憶にある。たしか、ヴォルフ様に告白されたときのことだ。思えばあのときも、貞操の危機だった。

――そ、そんなところばっかりやり直さなくても！

内心で叫ぶと、私は耐えられずに距離を取ろうとヴォルフ様の胸を押す。

だけどびくともしない。

こちらの抵抗をものともせず、彼は胸を押す私の手まで握りしめて、私のまぶたにキスをした。

温かくて柔らかい感触に、私は体を強張らせる。嫌だ――というよりも、むずがゆくてそわそわして、落ち着いていられない。

「ま、待って、待ってください……！」

「待たない。いい加減観念しろ」

「観念って……！　だって、さっきアーシャにあんなこと言ったばっかりなのに‼」

いくらアーシャが相手でも、ヴォルフ様のことを渡したくないというのは本当だ。

だけど、『出し抜かない』と言った矢先にこれでは、アーシャに不義理すぎるのではないだろうか。せめてもう少し間を置いて――で、できればもっと、順序を経てから！

そう動揺する私を、ヴォルフ様は少しばかり不愉快そうに見下ろした。

「また妹の話か」

ふん、と鼻を鳴らして、ヴォルフ様が口を曲げる。笑っているようで、笑っていない笑みだ。

「安心しろ、どうせあっちは俺を嫌っている。強い魔力持ちは、みんな俺を嫌がるからな」

「そ、そんなことないです……！」

ヴォルフ様の言葉に、私は少しも安心できずに首を横に振る。

強い魔力持ちについてはよくわからないけど、アーシャがヴォルフ様を嫌いだなんてあり得ない。だからこそ、私も不安になるのだ。

「アーシャは、自分を助けてくれた人を嫌いになんてなりません！　絶対！」

アーシャに苦手な人はいたとしても、誰かを嫌ったり、恨んだり、怒ったりはしない。

この旅に無理矢理連れ出した父のことさえ、アーシャは恨んでいなかった。

下手したら自分の命が危うかったかもしれないのに、『お父さまを傷付けることがなくて良かった』なんて言って、自分より父の無事を安堵するような子なのだ。

だから、助けてくれたヴォルフ様ならなおさら。アーシャはきっと、心から感謝しているはずだ。

「…………」

ヴォルフ様は少しの間、無言で私を見下ろした。それから、心底苛立たしそうな顔で口を開く。

「君の妹のことが嫌いになりそうだ」

――なんで!?

「もういい。君の気持ちなんて知ったことじゃない」

不機嫌そうなまま、ヴォルフ様は再び私をベッドの上に転がした。

今度はもう、抵抗させる気もないらしい。私の両手首を掴んで固定すると、彼は優しくない目で私を見下ろした。

「ヴ、ヴォルフ様……？」

「俺がやりたいからやるんだ。君に合わせていたら、あとどれほど待たされるかわからない」

彼の表情には、笑みもなければ怒りもない。ただ、獣のような欲だけが覗いていた。

「ここまでだって散々待たされたんだ。――どんな目に遭《あ》っても後悔するなよ、アネッサ」

色気を含んだ低い声に、体が竦《すく》む。

目の色に、仕草に、雰囲気に——ぞくりとした。

——きっとこれから、私は彼に捕食されるんだ。

恐怖にも似た予感がする。呑まれたように動けない私を見据え、ヴォルフ様が唇を舐めた。そのまま、私を食べ尽くそうと言うように首筋を噛む。

首に走る痺《しび》れるような痛みに、思わず小さく呻《うめ》いた——その、直後。

部屋を揺らすような轟音と、中年男の悲鳴が、二人きりの部屋の中に響いた。

——な、なに⁉　なに⁉

はっと我に返り、私は慌てて跳ね起きた。

先ほどまでの呑み込まれるような予感も遠のき、慌てて周囲を見回す私の、目の前。

すべての感情が消え失せたような顔をして、ヴォルフ様がつぶやいた。

「……俺は呪われているのか？」

◆　◆　◆

——あの淫売めが‼

公爵邸の廊下を荒々しく踏み歩きつつ、リヴィエール伯爵は毒づいた。

ここ数日の良い気分も台無しだ。ほんのつい先刻までは、今日こそアーシャとの結婚を確定させられるだろうと、意気揚々と公爵の部屋を訪ねたというのに。

――よもや、私よりもあんなバカ娘を優先するとは！

先に待っていた伯爵を無視して、公爵はアネッサなんぞを部屋に連れ込んだのだ。伯爵に一瞥《いちべつ》さえもくれなかった公爵に腹が立つ。その後、追い縋《すが》ろうと扉に手をかけた伯爵を、無感情に制止したエルフにも腹が立つ。

真っ赤になって怒る伯爵を見下ろすエルフの、家畜でも見るような目を思い出し、彼は「くそっ！」と苛立ちを吐き出した。

――少し顔がいいからって、あのエルフめ！　公爵も公爵だ！　私を誰だと思っている！

結局、公爵の部屋に入ることは敵《かな》わず、こうして廊下を歩いていることが、伯爵にとっては耐えがたい屈辱だった。偉大で優秀な人間である伯爵が、半魔やエルフのような出来損ないの化け物どもに蔑《ないがし》ろにされているのだ。

――あのエルフ、もともといけ好かなかったんだ！　私がここの主人になったら真っ先にクビにしてやる！

いいや、その前にあのすました顔をめちゃくちゃにしてやろう。礼儀を教えるために折檻《せっかん》し、二目と見られないようにしてから追い出してやる。

そう思って留飲を下げようにも、今はその未来さえ危うい。

すべては、あの頭の悪い愚かな娘のせいだった。

──あいつめ、公爵になにを吹き込んだ！　なんて卑劣な女だ、汚らわしい！

公爵と二人で部屋に入ったあと、なにをしているか想像がつかない伯爵ではない。あの女は今、あの化け物とまぐわっているのだ。よりによって、自分の娘が！

──なんて気色悪い！　吐き気がする！　そうまでして私を邪魔したいのか！

アネッサの目的はわかりきっている。あの娘は、公爵とアーシャを結婚させようという伯爵の思惑を邪魔する気でいるのだ。

公爵がアーシャを選べば、不要なアネッサは確実に追い出される。だが、あれは伯爵家にも戻れない身だ。体でもなんでも使って、必死で公爵に追い縋《すが》る他にないのだろう。

その結果、妹と父がどうなるかなど考えてもいるまい。いいや、むしろほくそ笑んでいるに決まっている。

──我が娘ながら、下品であさましい……！　まるきり娼婦ではないか！

娘の性根のおぞましさに、伯爵は背筋を寒くする。いったい誰に似たというのか。

自分の血ではあり得ない。きっと妻のせいだろう。妻自身は従順で大人しい女だが、きっとあの女の中に悪い血が流れていて、もはや娘とも呼べない毒婦を産み落としてしまったのだ。

——くそ！　妻なんぞのせいでこんなことになるとは！　あいつのせいで破滅だ！

少し前まで愛しいと思っていた妻を、伯爵は頭の中で罵《ののし》る。あんな女を妻にしたことが、こんな結果を引き起こしたのだ。

——くそ！　くそ！　公爵がアネッサなぞを選べば、追い出されるのは私の方なんだぞ！

おまけに、家族を逆恨みするアネッサだ。ただ追い出すだけで済ますはずがない。公爵にあることないこと吹き込んで、伯爵家を陥《おとしい》れるに決まっている。

——そうはさせんぞ……！

不幸中の幸いと言うべきか、今の公爵は取り込み中だ。

あの癇《かん》に障るエルフも、部屋の前に陣取り動こうとしない。

つまり——邪魔者はいないということである。

——あちらがそういう手段に出るなら、こちらも同じことをするまでだ。

伯爵が足を止めたのは、公爵邸の一室。アーシャの病室の扉を見上げ、彼は薄く笑んだ。

――こっちにはアーシャがいる。あのバカ娘がどんな下衆《げす》な手を使おうと、アーシャさえいれば公爵は私の手の内だ……！

たしかに、アネッサの手は有効だった。化け物には下手に言葉を尽くすより、わかりやすく欲求を満たしてやる方がいい。その点、控えめなアーシャよりも恥知らずなアネッサの方が積極的に動けただろう。

だが、所詮アネッサはアーシャの身代わり。公爵にとっていわば代替品だ。

真に見初《みそ》め、惚れ込んでいるアーシャがアネッサと同じことをしたとき――

公爵の関心がどちらに向くかなど、考えるまでもなかった。

◆　◆　◆

公爵が姉を連れていき、メイドのロロも仕事に戻っていった。

落ち着きを取り戻した病室。医者が朝の診察をしている最中、血相を変えて部屋に入ってきた父の姿に、アーシャは驚いた。

ただならない様子で「伯爵家と家族に関わる大事な話がある」と言われ、人払いをするように求められれば、アーシャとしても断れない。

未だ外側から魔力制御をしてもらわなければ暴走してしまう状態だが、それでも以前よりは安定している。心配する医者には、「なにかあったらすぐに呼ぶ」という約束で出ていってもらった――その後。

「……大事なお話って、急にどうなさったのです、お父さま？」

ベッドサイドの椅子に腰かけ、深刻な顔をする父に、アーシャは不安な気持ちで尋ねた。

家族に関わるとなると、伯爵家に置いてきた母や弟になにかあったに違いない。

伯爵家は、いつ転がり落ちるかわからない状況だ。家業が傾いたか、金庫が空《から》になったか――あるいは、なにか想像もつかないような大変なことが起きたのかもしれない。

――いつか、こうなる日が来ると思っていたわ。

姉を失った伯爵家はきっと長くない。きっと、近いうちに終わりが来る。

そうとわかっていても、やはりアーシャには苦しかった。

姉を疎《うと》む家族でも、アーシャにとっては惜しみなく愛を注いでくれる相手なのだから。

――伯爵家が終わるなら……わたしだけここにいることはできないわ。

公爵邸に残るように、と姉は言ってくれたけれど、アーシャの帰る場所は今も伯爵家だ。

伯爵家が終わるとき、アーシャが傍にいなかったら、弟が寂しがるだろう。母には誰かがついていないといけない。父だって――ここまでされても、アーシャには見捨てる

ことができなかった。

――わたしに、なにができるかはわからないけれど……

それでも、せめて傍にいるくらいは。そう思って、アーシャはぎゅっとシーツを握りしめた。

「どんなことでもお話ししてください。きちんと受け入れる覚悟はありますから」

「アーシャ。ああ、お前はやはり良い子だ。これは、本当に本当に重大なことなのだよ。リヴィエール伯爵家が終わってしまうかもしれないことだ」

父はそう言って眉間に皺《しわ》を寄せ、重たげに頭を振る。

「このままだと、愛しい家族や伯爵家の者たちの人生がめちゃくちゃになってしまうかもしれないのだ。だけど、私はこれを止めたい。お前もそう思うだろう？　私や家族の悲しい顔など見たくはないだろう？」

「ええ、お父さま。もちろんです」

「本当に、お前はできた娘だ。愛情深くて、優しく、家族思いだ。ああ――そんなお前にこんなことを頼むのは心苦しいが……伯爵家を守るために、一つだけ手段がある。お前にしかできないことだが、引き受けてくれるだろうか？」

「……はい？　ええ、わたしにできることでしたら、どんなことでも」

アーシャの言葉に、父は満足したように頷いた。

「すまないな、アーシャ。お前にはいつも苦労をかける」

そう言ってアーシャの手を取り、優しい父の顔で語りかける。

「すべては愛する家族と、お前自身のため——今すぐ公爵の部屋へ行くんだ、アーシャ。そしてこう言ってやれ。『姉ではなく、わたしにお慈悲をください』と」

「……お父さま？」

「それで公爵はわかるはずだ。あとはなにもせず、公爵に身を任せればいい。不安だろうが、なに、いずれ夫婦になるのだからそう恐れるものではないだろう」

微笑みを浮かべる父に、アーシャはしばし瞬《また》いた。言葉の意味をすぐに理解できない。

——公爵さまに、お慈悲を？　お姉さまではなく……って。

じわり、と感情が揺れた。父はなにを言っているのだろう。姉が幸せになろうというときに。

肌からちりちりと魔力が漏れる。暴走の予感に、いつものように口をつぐもうとした。

——いえ……

だけど、心の奥のかすかな勇気が囁《ささや》く。

アーシャが誰かに反発したことは、生まれてから数えるほどしかない。魔力の暴走を恐れるあまり、自分の意思を押し込め、周囲に従って、不和を起こさないようにしていた。

だからこそ、姉がアーシャに代わって声を上げ、疎《うと》まれてしまったのだ。

その姉の幸せを、邪魔したくはなかった。

──お姉さま。

アーシャはきゅっと唇を噛む。勇気を奮い立たせるように、姉の姿を思い描いた。

公爵邸で居場所を見つけ、自分の意思で進み出した姉のように──

──あんな風に……わたしも変わらなきゃ。

弱気な自分の心に言い聞かせると、アーシャは決意を込めて顔を上げた。

暴れようとする魔力を意思で押し込め、まっすぐに父の顔を見る。

「お父さま、ごめんなさい。それはできません。──ねえ、お父さま。もう帰りましょう？　きっと、お父さまが恐れていることになんて、なりませんもの」

父はアーシャの言葉に、ぽかんと呆けた顔をする。よほど意外だったのだろう。声も出ない様子の父に向け、アーシャはくすりと苦笑する。

「お母さまたちも、お父さまの帰りを待っていますわ。わたしと一緒に、帰りましょう、お父さ──」

安心させるように父の手を握り返したとき、アーシャは彼の表情の変化に気が付いた。

言いかけた言葉を途中で呑み込み、彼女は肩を強張らせる。

父の顔に、先ほどまでの優しさは見られない。アーシャの手をギリギリと痛むほどに握りしめ、大きく見開いた目で彼女を見据えている。

「……………は？」

口から出るのは、低く冷たい声だ。

アーシャを見据える父の顔は、これまで一度も見たことのないものだった。

「なにを馬鹿なことを言っている」

父の据わった目がアーシャを捉える。握りしめられた手は離れない。痛みに顔をしかめても、知ったことではないという様子だった。

「お前まで私に逆らおうと言うのか？」

「お、お父さま、そういう意味では……」

思わず、というようにベッドの上に身を乗り出す父に、アーシャは体を強張らせる。

「伯爵家がどうなってもいいのか？　家族はどうでもいいのか？　お前はそんな薄情な娘なのか？」

「い、いえ……！」

慌てて首を横に振るが、父がまるで信用していないことは、手にこもる力から明らかだった。

「それなら、私の言うことを聞きなさい。お前はこれから、公爵の部屋に行くんだ」

「で、できません……！　お父さま、誤解していらっしゃるのよ。お姉さまは家族を傷付けようとはしないわ。ただ、お姉さまご自身が幸せに――」

「言い訳はいい」

父はアーシャの言葉を切り捨てる。

今の彼には、いつもの鷹揚《おうよう》な温和さはどこにもない。アーシャを見る目には、冷たさだけがある。

「どうやって言いくるめられたか知らないが、アネッサの考えなど、お前より父である私の方がよくわかっている」

「で、ですけど……」

「言い訳をするなと言っているだろう！」

初めて向けられた父の怒声に、アーシャはびくりとした。

身を強張らせ、慌てて目を伏せる。怖くて父の姿を見ることができない。

「何度言えばわかるんだ！　お前はそこまで頭が悪いのか！　魔力ばかり大きくて、それ以外はまるで出来損ないだな‼」

――お父さま……？

耳に届いた言葉に、頭がぐらりと揺れた。力を込めて握られた手は、痛かったはずなのに、もう痛みも感じない。

息苦しさに、アーシャは喘《あえ》ぐように息を吐いた。目の前がよく見えない。

「いつも暴走して迷惑をかけるくせに、こういうときくらい役に立とうと思わないのか、薄情者が！　お前のためにどれだけ手間暇をかけてやったと思っている!?　感謝の気持ちもないのか!!」

「お父さ――」

「いつもいい子ぶって曖昧な態度ばかりだが、公爵がアネッサに奪われれば、真っ先に蹴落とされるのはお前だぞ！　自分だけは嫌われていないとでも思っているのか!!」

「……あ」

――だめ、だめ、だめ……！

体から魔力が滲《にじ》み出す。今日はまだ、公爵にもシメオンにも魔力制御をしてもらっていないから、制御が緩くなっているのだ。

わかっているのに――止めることができない。

「お前の母も弟も、お前のことを化け物だと恐れているんだ！　お前みたいな金ばかり食う厄介者を、愛し育ててやるのは私くらいだと、わかっているのか！」

アーシャは無意識に首を横に振った。否定するつもりだったのかは、自分でもわからない。

頭の中、上手く物が考えられない。勝手に目の端が滲《にじ》み、ぼろぼろとシーツを濡らすアーシャに、父は侮蔑の目を向けた。

「泣くくらいなら、私のためになにかしようと思わないのか！　ここで役に立たないなら、お前の価値はアネッサ以下だ！　この、恩知らずが!!」

――だめ。

目の前が暗くなる。意識が遠くなる。

ただ、父の怒声だけが耳の奥に響き続けていた。

◆　◆　◆

屋敷を揺らす轟音はやまなかった。

最初に聞こえた悲鳴は消え、代わりに無数の叫び声がヴォルフ様の部屋の中にまで響き渡る。

――大変！　魔力が暴走して！

――あそこへ近付くな！

――アーシャ様が――

「アーシャ!!」

耳にした単語に、呆けてはいられない。遠い目をしているヴォルフ様を申し訳ないと思いつつ押しのけて、私はベッドから飛び下りた。

そのままヴォルフ様の部屋を出ると、あとは音のする方へ向かって振り返らずに走る。

轟音の中、逃げる使用人たちの流れを逆走し――足を止めたのは、アーシャの部屋の前だ。

そこから先は進めない。目の前で、魔力の風が周囲を巻き込みながら渦を巻いている。

――なにこれ……!?

部屋の壁は半壊していた。扉はすでに吹き飛んでいて、崩れた壁越しに部屋の中が見える。

渦を巻く魔力の中、ねじ切られた家具の破片が、恐ろしい勢いで回っていた。渦はときおり不規則に形を変えながら、少しずつ広がっている。壁を削り、床を削り、天井の落ちる音がした。

渦の外に立つのは、シメオンさんとアーシャ付きの医者だ。彼らが中心になって、使用人たちに部屋から離れるように指示してくれている。

シメオンさんたちのさらに奥。渦の中心は、風に遮られてよく見えない。

ただ、うずくまるような人影だけが見つけられた。

「――ごめんなさい」

風に紛れて、掠《かす》れた声が聞こえた気がした。泣いているような、かすかで途切れ途切れな声だ。

「ごめんなさい、ごめんなさい、止められないの、ごめんなさい、お父さま、お父さま……！」

――アーシャ……

「助けて、止めて、傷付けたくないの、お父さま、ごめんなさい、お父さま、助けて――」

聞こえるのは同じ言葉の繰り返しだ。謝罪と、救いを求める声と、父を呼ぶ声。

「お父さまを傷付けたくないの、やめて、止めて、お父さま――」

それから、傷付けることを恐れる声だ。

アーシャはいつもそうだ。自分の魔力に人を巻き込むことを恐れていた。だからこそ彼女はいつも大人しく、自分を抑え込み続けていた。

それでも最近は、ずっと調子が良かったはずなのに。

「どうして急に、こんな……」

おののきながら足を引いた私を、なにかが引き留める。ぎょっと足元を見下ろして、その姿にさらに目を見開いた。

「お父様⁉」

足元にいたのは父だった。彼は床にうずくまり、縋《すが》るように私の脚を両腕で抱いている。顔は青ざめていた。服も髪も、風でもみくちゃにされたようだ。目に宿るのは恐怖だろうか。

彼は私を見上げ、震える声を上げた。

「た、助けてくれ……！　わ、私を助けるんだ‼」

「助けるって……なにがあったんです⁉」

こちらが戸惑うくらいに父は怯《おび》えていた。あの父が、どうして――と思う私の目の前で、魔力の渦が大きく歪《ゆが》む。

渦から伸びた魔力が、まるで手を伸ばすかのように、背後から父の体を撫で――

「ひっ、ひぃいいい！　やめろ！　やめろ‼」

その声を聞いて、堪《こら》えるように引いていく。

渦の中心では、アーシャの影が体を抱いて、首を振るような動きをするのが見えた。

「お父さま……いや、いや！　止めて！」

風の奥でアーシャの嘆く声が聞こえる。

震えながら腰を抜かす父に、父へと伸びるアーシャの魔力。それから、アーシャの言葉。

なにがあったのかはわからないけど、なにが原因なのかはそれでだいたい察せてしまった。

「お父様！　お父様がアーシャになにかしたんですね！」

「知らん！　私は知らん!!」

父は私にしがみついたまま首を横に振る。

どこからそんな力が出てくるのか、振り払おうにもびくともしない。必死に私に縋《すが》り付く父の背後からは、再び魔力の手が伸びてくる。

まるで救いを求めるかのような手に撫でられた瞬間、父が悲鳴を上げた。

「私はなにもしていない！　ただあいつが!!」

アーシャの魔力に、父は振り返りもしない。私を見上げたまま、震える声を張り上げる。

「あの化け物が！　勝手におかしくなったんだ!!」

――あ。

その瞬間、父の背後で魔力が色を変える様子を、私は目の前で見た。

それは大きく揺らぎ、一度収縮して――閃光とともに、音を立てて破裂した。


――う、ううん……？

気が付くと、私は床に倒れていた。

はっと起き上がろうとしたところで、誰かの腕に抱き起こされる。

「大丈夫か？」

「……ヴォルフ様！」

聞こえるのは、気遣わしげなヴォルフ様の声だ。慌てて顔を上げた拍子に、頭が少しくらりとする。

「怪我はないな？　痛みは」

「あ、ありません。ありがとうございます。……ええと」

まだ目の奥に、魔力の弾ける光景が焼き付いている。

あのときは絶対に死んだと思った。まだ生きているのが不思議なくらいだ。

「とっさに庇ったつもりだが、それでもこれか。人間にしては、本当にたいした力だな」

そう言って、ヴォルフ様は私から目を逸らし、視線を別の場所へ向けた。

彼の視線の先は、なおも暴走を続けるアーシャだ。

渦を巻く風はさらに勢いを増している——だけじゃない。

「——お父さま、お父さまお父さまお父さまお父さま!!」

耳を裂くような音が、周囲に響き渡っていた。

アーシャ自身の声ではない。魔力の渦が音となり、悲鳴のように鳴り響いているのだ。

「どうしてなんです！ なんでそういうことを言うんです！ どうしてそんなことをするんです！ お父さま！ お母さま！ お姉さま!!」

声に合わせて、何度も魔力が弾ける。

そのたびに一瞬だけ周囲が明るくなり、天井や壁が崩れる音がした。

「わたし、人形じゃありません！ でも！ でも！ どうやって逆らえって言うんです！ わたしにこんな力があって！ なにが言えるって言うんです!!」

——アーシャ……

「傷付けたくなかったの！ 家族だもの！ どんなことをされても、愛しているから！ 愛してくれているから!! 暴れないように抑え込んで、我慢して、我慢して——でも！ でもでもでも!!」

感情の波のように、渦の強さは強弱を繰り返し、ときおりバン、バン、と爆発する。

「ひいっ！」という悲鳴に顔を向ければ、這《は》うようにアーシャから逃げる父が見えた。

「ば、化け物！　化け物が!!　こっちに来るな!!」

「お父さま！　それならわたしは！　耐えて耐えて耐えてきたわたしは!!」

「た、助けてくれ！　早く私を助けるんだ!!　殺される!!」

逃げ惑う父の背後に、魔力の手が伸びる。

それは膨らみ、大きく広がって――

「わたしはなんだったの………」

父に触れる直前、息苦しそうに手を引き、不発したかのようにかすかな爆発を生んだ。

だけど父は背後を振り向きもしない。すすり泣くような静かな破裂に気が付かず、無我夢中で叫んでいた。

「化け物！　化け物！　化け物に殺される――!!」

そんな父の悲鳴を離れた場所で聞きながら、私は目を伏せた。アーシャの魔力の暴走は止まらず、嘆きの声は響き続ける。泣き叫ぶような彼女の声に、私はぐっと奥歯を噛んだ。

「……ヴォルフ様」

ためらいながら口にするのは、ヴォルフ様の名前だ。支えてくれるヴォルフ様を見上げれば、彼もまた私を見つめていた。

今までずっと頼りきりだったのに、また頼ってしまうのは情けない。

でも、私はやはりヴォルフ様に縋《すが》り付いてしまう。

「あの、アーシャを助けられませんか？　前にやっていたように魔力を制御して――」

「無理だな」

私の震える声を、しかしヴォルフ様は即座に否定した。

「魔力の制御は心の制御だ。ああなってしまうと、もう止めようがない。完全に我を失っている」

「ヴォルフ様、ですが、でも……それならアーシャは……」

「魔力を使い果たすまで暴れ続けるだろうな。あるいは、それより先に体が限界を迎えるか」

「限界……って……？」

その答えに想像がついているのに、私は聞き返してしまった。

ヴォルフ様はいつもと変わらない顔で、淡々と私の問いに答える。

「死ぬ」

端的で、疑問の挟みようもない答えだった。

目の前が暗く、頭が重たくなる。手足に力が入らないまま、私は未練がましくヴォルフ様に尋ねた。

「アーシャを助ける方法は……ないんですか……?」

「ないな。そもそも本人に魔力を制御する意思がなければ、こちらからはどうにもできない」

「意思……」

意思は――あった。少し前までは、アーシャは魔力を抑えたがっていた。

傷付けることを恐れていた――なのに。

「――アネッサ!!」

私の腕を、不意に誰かが横から強く掴む。

叫びすぎて嗄《か》れたような声に、目を向けるまでもなく誰だかわかった。

「さっさと私を助けんか！　安全なところまで運ばせろ！　こっちは腰を抜かしているんだぞ!!」

「お父様……」

「娘のお前が私を助けなくてどうする！　私を助けて、あの化け物をなんとかしろ！

そういうのはお前の役割だろう!!」

父は恐怖に青ざめ、血走った目を私に向けている。

腰を抜かしているのは事実なのだろう。下半身にまるで力が入っていないようだ。

「……お父様は、なにも思わないのですか？」

「余計な話をしている時間はない！　さっさとしろ!!」

「お父様は、アーシャの声を聞いても、なにも思わないのですか？」

「早くしろと言っているんだ！　同じことを何度も言わせるな!!」

「お父様は！」

父の言葉にかぶせるように、私は声を張り上げる。

両手で父の肩を掴み返し、真正面から見据えれば、父は一瞬だけびくりとした。

「お父様は、アーシャがどれほどあなたを愛しているかわからないんですか!!」

「どうでもいい話をするな！　お前は言葉が通じないのか!!」

「今も！　お父様を傷付けないように耐えてくれているのが、わからないんですか!!」

アーシャの魔力は父を追いかけ、父に手を伸ばし――何度も直前で止まる。父の周囲で爆発を起こしながら、直撃を避けている。

魔力を制御しようという意思は――あるのだ。今も、まだ！

「こんな簡単な言葉もお前は理解せんのか！　化け物に巻き込まれて死にたいなら好き

にしろ!!」

「ええ！　もう理解しようとは思いません!!」

父の体を押し返すと、私はヴォルフ様の手からも離れて立ち上がった。

もう父は振り返らない。ただ荒れる魔力の中心部を見据え、両手を握りしめた。

――アーシャ！

◆　◆　◆

アーシャは暗い闇の中、うずくまったまま膝を抱えていた。

体中から力が抜けていくけれど、それを抑えようという意思も今は薄れている。

――化け物。

遠く聞こえた父の声が耳に残っている。

その通りだ、とアーシャは自嘲した。

――ええ、そう、わかっているわ。

化け物じみた魔力。化け物じみた力。

自分自身でも持て余す力は、周囲の人々も当然のように持て余していた。

それでも、家族はアーシャを必要としてくれた。弱くて一人では生きていけないアーシャを支え、お金も時間も、たくさんの愛情もくれた。

――愛されていたわ。

父も母も優しくて、弟はよく懐いてくれていた。

アーシャを自慢としてくれて、それが嬉しかった。

――愛していたわ。

優しい家族が好きだった。嫌われたくなかった。

だから――だから、口をつぐみ、心を殺し、なにも言わずに、にこにこと微笑んで――

姉の姿から目を逸らして、愛される自分でいたのだ。

だけど、それは偽りだった。それを思い知らされた。

いや――改めて『確認』させられたのだ。

――そうね。本当は気付いていたわ。

あの家で暮らして、誰もアーシャの意思を聞いてくれた人はいない。

アーシャの考えや、やりたいこと、欲しいものを尋ねてはくれない。

きれいなドレスにたくさんの家庭教師、山ほどの宝石を与えてくれても、外の風を教えてくれる人はいなかった。

花の色も、緑の匂いも、カエルの可愛らしさも、虫の気持ち悪さも、教えてはくれなかった。

――気付かないふりをしていただけよ。

アーシャが魔力を暴走させるとき、誰が傍にいてくれただろう？

抑えきれない力が怖くて、不安になったとき、誰がアーシャの手を握ってくれただろう？

使用人さえも恐れて近付かない部屋の中で、アーシャはずっと一人きり。誰も傷付けたくないと、身に余る魔力を抱えて泣いていた。

そのことに、誰が気付いてくれただろうか？

――それでも、愛しているのよ。

豪快なお父さま。優しいお母さま。可愛い弟。――強くて、羨《うらや》ましかったお姉さま。

――ああ、でも……

愛しい姿が遠ざかっていく。タガの外れた心が、もう壊れようとしている。

――わたし、消えてしまうんだわ。

結局、誰も傍にいないまま。それがいかにも自分らしくて、アーシャは少し笑ってしまった。

その笑みさえも消えかけたとき――

「――アーシャ!!」

孤独なアーシャの手を、強い力が握りしめた。

◆　◆　◆

嵐の中心で、私はアーシャの手を掴んだ。

拒むような魔力に切り裂かれながらも、傷だらけの私の手が――痛みも麻痺した私の指が、膝を抱えたアーシャの手をたしかに握りしめる。

「アーシャ!!」

ぐっと握る手に力を込めると、うつむいたままのアーシャの頭がかすかに動いた。重たげに頭を持ち上げ、どこか虚《うつ》ろな目に私を映している。

私は彼女に、安心させるように笑いかけた――その瞬間。誰かに後ろから肩を掴まれる。

「――アネッサ!!」

驚いて振り返ると、血相を変えたヴォルフ様の姿があった。

彼は嵐の中でぐしゃぐしゃに乱れた私を見て、怒るような、叱るような顔をする。

「なんて無茶をするんだ、君は！　いきなり一人で飛び込んで、自殺でもする気か!!」

「ご、ごめんなさい……！」

「俺がいなかったら、君は今頃肉片だ！　そうでなくとも、君に魔力抵抗がなければ、魔力に呑まれていたんだぞ!!」

——肉片!?　わ、私に魔力抵抗があるんです!?

と驚いている場合ではない。ヴォルフ様も今は余裕のない様子で、私を強く見据えている。

「助ける方法はないと言っただろう！　意思を失くした相手には、もうなにもできない！　死ぬまで魔力を放出させるしかないんだ！」

「——いいえ！」

ヴォルフ様の言葉を、私は反射的に否定した。

この状況、きっと無謀に突っ込んだ私を助けに、ヴォルフ様が飛び込んできてくれたのだろう。彼の見たこともない焦りようから、今も相当に危険な状態なのだ。本当は余計なやり取りなどせずに、すぐに逃げ出すべきなのだと、わかっている。

それでも、私はヴォルフ様を見上げ、首を横に振る。

「失くしていません！　アーシャは！」

私が握りしめるのは、力ないアーシャの手。体温をなくした指先が、ひやりと冷たい。

目も虚《うつ》ろで、荒れ狂う魔力はまるで死に向かう断末魔のようだ。

――でも！

手の先に感じる。

アーシャが、私の指をかすかに握り返している！

「アーシャはまだ、意思を持っています!!」

「君は……！」

「ヴォルフ様、どうか……！」

ヴォルフ様は表情を歪《ゆが》めた。嵐の中、私の肩を強く握りしめ、射殺すような視線を向ける。

震え上がるほどに怖いけれど――目を逸らすわけにはいかない。

今、私を握り返してくる手を離したくない！

「お願いします、アーシャを助けてください！」

私はヴォルフ様の藍色の目をまっすぐに見据える。彼は不愉快そうに顔をしかめ、私を睨み返す。息詰まるような緊張に、風の音さえ遠ざかる。

そのまま、私たちはしばらく睨み合い――

「……俺はどこまでも、君に甘い」

くそっ、と舌打ちをし、視線を逸らしたのはヴォルフ様の方だ。

苛立ったように荒く息を吐くと、彼は逸らした視線をアーシャに向ける。

「前を向いて、手を握っておけ」

ヴォルフ様はそう言って、一歩私に近付いた。

ぎょっとするほど距離が近い。だけど、私はなにも言わずに前を向く。

「これだけの力が、ほとんど無制御に暴走しているんだ。生半可な力では抑えられない。荒れるぞ」

「は、はい……！」

アーシャの手を強く握る私の後ろ。緊張する私に、ヴォルフ様は小さく息を吐く。

それから、片手で私の目元を隠した。

「絶対に背後を振り返るな」

「ヴォルフ様……？」

呼びかけに返事はない。

代わりに、背後にぞくりとするような威圧感と――

カラン、となにか固いものが、地面に落ちる音がした。

──その音をきっかけに、周囲は嵐に包まれた。

足元さえもわからなくなる猛烈な嵐が吹き荒れる。耳を割るような轟音が響き、私でもわかるほどの濃い魔力が辺りを満たす。なにかが崩れる音に、爆発音。絶え間なく足元が揺れ続け──それから。

気が付けば一切の音が消え、私はヴォルフ様に背後から抱き留められていた。

手の先にはアーシャがいて、私の手を固く握り返している。

だけどそれはするりと抜け、眠るように、アーシャはその場に崩れ落ちた。

──アーシャ……！

倒れたアーシャに、渦の傍にいた医者が慌てて駆け付ける。

私もアーシャの傍に膝をつこうとして──

「や、やったのか……⁉　アネッサ！　もう大丈夫なんだろうな⁉」

少し離れた場所で、甲高い悲鳴のような声を聞いた。

振り返った先に、父がよろよろと起き上がる姿がある。抜けていた腰は戻ったらしい。

震える足で立ち上がると、彼は怯《おび》えた目を私に向けた。

「あの化け物は大丈夫なんだろうな！　も、もう暴れないんだろうな⁉」

そう言いながら、父は私に歩み寄ろうとする。だけど足を踏み出した途端、傍に倒れるアーシャの存在に気が付いた。

医者に助け起こされ、目を閉じたままのアーシャを見て、「ヒイッ」と上擦《うわず》った声を上げる。

「ば、化け物！　ひ、ひぃぃ……化け物!!」

逃げようとでもいうのか、父は震えながら足を引く。その拍子に足を滑らせて転び、そのまま尻もちをついた。

「ひぃぃいい……た、助けて……！　助けろ、アネッサ！」

「……お父様」

「早く私を助けろ！　娘だろう！　私はお前の父親だぞ!!」

父は救いを求めて私を見上げる。青ざめ、恐怖に潤む瞳は、私に縋《すが》り付くようだ。

いつもの鷹揚《おうよう》さは見られない。どことなく神経質そうに、こめかみを引きつらせていた。

——ずっと。

この人が怖かった。怒られることを恐れていた。

それでいて愛されたかった。父に、私も家族なのだと認めてほしかった。

でも今は——

「……お父様、アーシャになにか言うことはないのですか？」

「な、ない！　なにもない！」

「あなたを愛した娘に、謝罪の一つもないのですか」

「む、娘などではない！　あんな恐ろしいもの……ば、化け物……！」

父は恐怖を思い出すように両手で体を抱き、震え上がった。

その態度に、私は首を横に振る。

「お父様。……私には、お父様の方が化け物に見えます」

「アネッサ？」

「逃げたいならどうぞ。出ていってください。止めませんし、追いかけもしません」

私は一歩足を踏み出した。

背後から抱き留めてくれたヴォルフ様の腕は、いつの間にか離れていた。

「そして、もう二度と関わらないでください。――私にも、アーシャにも！」

「なにを……馬鹿な……」

「私たちも、今後お父様には関わりません！　だからご安心ください！」

周囲はしんと静まり返り、私の声だけが響き渡る。

だけど、その私の声も消えてなくなると、重たいくらいの沈黙が満ちた。

静寂の中、父は無言で、信じられないと言いたげな顔を私に向ける。その表情に徐々に怒りが滲《にじ》み、癇癪《かんしゃく》じみた顔で私に向けて口を開き――

ヒュッ――と、言葉の代わりに悲鳴にもならない息を漏らした。

顔が見る間に蒼白に変わっていく。見てわかるほどの冷や汗を流し、彼は恐怖に全身を震わせた。

「ば、ば、化け物！　化け物!!」

「まだおっしゃいますか！」

「た、助けて……！　こっちを見るな!!　ば、化け物――!!」

私の言葉は、もう聞こえてもいないらしい。いったいなにを見たのか、父は喉《のど》が嗄《か》れるほどに声を張り上げ、身を翻《ひるがえ》した。

そのまま彼は振り返らない。足をもつれさせながらも、一目散に駆け出していってしまった。

「お父様、急にどうされ――」

「放っておけ」

反射的に父を追おうと足を踏み出す私を、背後の誰かが引き留める。

同時に、目元に手を当てられ、頭ごとぐっと引き寄せられた。

「もう二度と関わらないのだろう？　それならこれでいい」

「ヴォルフ様……」

背中から腕を回されて、頭も押さえられていて、私は振り返ることもできなかった。

この状態では、ヴォルフ様が今どんな顔をしているのかも見えないし――私の目元を隠す彼にも、きっと今の私の表情は見えていない。

だから、それをいいことに――

――さようなら、お父様。……どうぞ、お元気で。

ヴォルフ様の腕の中で、私は少しだけ、父のために泣いた。

◆　◆　◆

医者と数人の使用人によって、意識のないアーシャは別室に運ばれた。

シメオンが避難した使用人たちを呼び戻すために立ち去ると、周囲には誰もいなくなる。

残されたヴォルフは、部屋の隅に落ちていた仮面を無言で拾い、付け直した。

人のいなくなった空間は静かだ。聞こえるのは、壊れた壁から吹き込む風と、呼吸音。

それから、少し離れて聞こえる、彼女のすすり泣く声だ。

――甘い。

立ち尽くしたまま声を殺して泣く姿を、ヴォルフは口を閉ざしたまま見つめた。

着ていたドレスはボロボロに破れ、ところどころ肌が見えている。むき出しだった腕や頬には傷が見え、赤い血が滲《にじ》んでいた。

少し前まで彼女の目元を隠していたからか、ヴォルフの手にも涙と血が付着している。

淡い淡い彼女の魔力が、血を流したことによって、少しだけ濃く香った。

――甘い。甘い。甘い。

ドレスの端を握りしめ、肩を強張らせ、無力感を噛みしめる彼女は痛々しい。

父を失い、妹をも失うかもしれず、彼女は後悔に震えていた。

妹の傍を離れなければ良かった。もっと注意しておけば良かった。妹が苦しんでいる間、自分はなにをしていたのだろう――

そうやって、自分を責めているのが手に取るようにわかる。

――アネッサ。

ヴォルフはため息を吐くと、指先に残された彼女の血をぺろりと舐めた。

甘い、甘い、渇いた喉《のど》を潤す砂糖水のようだ。

――可愛い。

後悔に顔を歪《ゆが》め、絶望の予感に涙し、希望を捨てきれずに唇を噛む。

気丈さと弱さの入り混じった表情に、ヴォルフはぞくりとした。

ああ、と内心で嘆息する。ああ、今すぐにでも――

――犯《おか》したい。

傷口を抉《えぐ》るように穿《うが》ちたい。痛みと快楽を教え込みたい。

妹が苦しみ、死に向かう間に――悪魔に愛される悦《よろこ》びを彼女に植え付けたい。

大切に、大切に抱いてやろう。後悔が、より深くなるように――

「……ヴォルフ様」

不意の声に、ヴォルフはびくりとする。

魅入られていた自分に気が付き、彼は小さく舌打ちした。

「すみません、また迷惑をかけて……」

向き直れば、涙の跡の残る彼女の姿がある。

焦燥しきった表情で、それでも真っ先に謝罪を述べる彼女の姿に、ヴォルフは顔をしかめた。

――傷付けたいわけじゃない。

これは、どうしようもなくヴォルフの本心なのだ。

傷付けたくない。傷付いているところも見たくない。それでいて——

——取り返しがつかないほどに、傷付けたい。

「……いや」

矛盾する感情を呑み込み、ヴォルフは首を振った。

「気にしなくていい。……アネッサ」

言いながら、ヴォルフは何気ない調子で彼女に歩み寄る。真正面に立つと、一層濃い魔力の香りにくらりとした。だけどそれも呑み込んで、彼女の体に手を伸ばす。

「君はよくがんばった」

肩を抱き、腰に手を回して、細い体を抱きしめる。

なだめるようにぽんぽんと肩を叩くと、彼は人間の男のように微笑んでみせた。

「もう、大丈夫だ」

いつかと同じ言葉を告げると、彼女の目に再び涙が溜まりはじめる。

力ない手が縋《すが》るようにヴォルフを抱き返し——彼女はそれから、声を上げて泣き出した。

腕の中、無防備に泣く彼女のヴォルフへの信頼は、愛おしくて——愚かしい。なにより危険な存在に抱かれていることを、彼女は少しも理解していないのだ。

——甘い。

甘い、甘い、甘い、甘い甘い甘い甘い甘い甘い甘い甘い甘い甘い甘い甘い。

——美味しそうだ。

◆　◆　◆

リヴィエール伯爵は、息を切らして森を走っていた。

声はすっかり嗄《か》れ、叫び声も出てこない。

それでも叫ぶように、ヒューヒューと声にならない声を上げて走り続ける。

——化け物！　化け物！　化け物!!

少しでも屋敷から遠ざからなければ。その思いだけが、今の彼を突き動かしていた。

屋敷にはまだ彼が連れてきた護衛も御者も残っていたが、そんなものは知ったことではない。

早く、あの化け物の目の届かない場所へ行く必要がある。

——なんだあれは！　どうして『あんなもの』が！

頭の中にあるのは、屋敷で最後に見た化け物の存在だ。

馬鹿な娘の妄言を叱ろうと顔を上げたとき――こちらを見据える化け物と目が合った。

あの無機質な、藍色の目。思い返しても寒気がする。

まるで感情を伴わない目が伯爵を映して、薄く笑むように細められた、あの瞬間。

全身の肌が粟立《あわだ》った。悪魔に背筋を撫でられるような恐怖が走った。逃げなければ、と本能が叫び、彼の体を突き動かした。

あの化け物に捕まってはいけない。さもなければ、死よりも恐ろしいことが待っている。

――逃げなければ！　安全な場所へ！　早く、早く！　い、いや……！　いや待て!!

伯爵の頭に、一つ引っかかることがある。最後に見た、化け物と――

――アネッサ!!

化け物に守られるように立つ、愚かな娘の姿だった。

屋敷の主人のような顔で、父に向かって「出ていけ」と命じた恥知らずな娘が――

もしも、化け物を本当に手なずけてしまっているのなら！

――の、逃すはずがない！　この！　私を！

逆恨みして、追いかけてくるに決まっている。ならば伯爵家の屋敷に帰ったところで安全とは言えない。

――き、危険を排除する他にない！　あの化け物を仕留めるんだ!!　こういうときのために、『あいつ』を連れてきたんだろう!!

殺される前に、殺すしかない。

恐怖に混乱する頭の中。伯爵は、その事実だけを強く理解した。

# 第三章　平穏の中の陰

アーシャが魔力を暴走させた翌日。

私はすっかり穴の開いた部屋の前で、地面に触れるほど深く頭を下げた。

「――ほんっとうに申し訳ありませんでした!!」

謝る先は、当然ながらヴォルフ様だ。

どうやら今は、シメオンさんや他の使用人たちと被害状況の確認中だったらしい。頭を下げつつちらりと見れば、ヴォルフ様も他の使用人たちも、揃って訝《いぶか》しげな目を私に向けていた。

「急にどうした」

「急にと言いますか、ずっとと言いますか……！」

私は頭を上げられないまま、半壊状態の部屋の床を見やった。

部屋の壁はほとんど崩れ落ち、床も半分くらいは抜け落ちている。天井も倒壊したらしく、残された床にはゴロゴロと瓦礫《がれき》が転がっていた。

一方で、部屋にもともとあった家具は一つもない。アーシャの魔力ですべてが吹き飛び、粉みじんにされてしまったのだ。ヴォルフ様は肉片と言っていたけど、この調子では、それすら残らなかったのではないだろうか。全身の傷だけで済んだことを、ヴォルフ様に感謝しなければならない。

シメオンさんたちの素早い対応で、私以外にほとんど被害が出なかったのは、不幸中の幸いだろう。それでも怪我人は何人か出てしまったし、部屋が瓦礫《がれき》に埋もれてしまった人もいる。

そのことを知って『無事で良かった』で済ますことはできなかった。

「いつも助けてもらっているのに、こんな迷惑をおかけして……屋敷までこんなことになってしまって……！」

思えば身代わりからはじまり、ヴォルフ様には迷惑をかけ通しだ。

その挙句に、今回の屋敷の破壊だ。普通なら、屋敷から叩き出すだけでも足りないくらいだろう。

なのに、ヴォルフ様は未だに私を屋敷に置いてくれて、アーシャも手厚く保護してくれている。ここまでしてもらって、私からなにも返せないのは、あまりにも心苦しかった。

せめて壊した屋敷の弁償を、と思っても、今の私は無一文だ。父と縁を切ってしまったので、金銭的に頼る当てもない。そうなると、私にできることは——

「こ、今回の被害は、働いて少しでもお返しします！　今はお金がないですけど、皿洗いでもなんでもして——」

「何百年かけて返すつもりだ、君は」

——で、ですよね！

私も伯爵家を管理していたから、建物の値段は多少知っている。公爵邸は装飾こそ少ないけれど、頑丈で立派な造りだ。家具も、一目でわかるくらいの高級品が揃っている。皿洗い程度では、どう考えても生きている間に返せない。

——せめて得意なことをして、少しでも稼がないと。私にできることと言えば屋敷の管理とか、人の差配とか？　それなら、シメオンさんに頼んで、仕事を手伝わせてもらえないかしら……！

そんなことを考える私の頭上。ヴォルフ様が呆れたように息を吐く。

「君に弁償してもらうつもりはない。というより、させるわけないだろう。……急にこんなところへ来て、どうしたのかと思ったが。君らしいと言えば君らしい」

そう言って、ヴォルフ様は当たり前のように私の手を取った。

驚いて顔を上げると、薄く笑みを浮かべる彼と視線が合う。

「だけど君も怪我人だろう。今は余計なことを考えず、部屋で大人しくしているといい。歩き回ると傷も開いてしまうはずだ。――ああ、ほら」

彼はその笑みのまま、掴んだ私の手の先を見た。

指先には、アーシャの魔力に飛び込んだときにできた傷痕がある。まだ塞がりきっていない傷口からは、じわりと血が滲《にじ》んでいた。指先を濡らす赤い色に、彼の藍色の目がうっそりと細められる。

「血が」

短いその一言を聞いた瞬間。私はなぜか、体中の毛が逆立った。

――なに……？

血が出ているのは事実。なにもおかしいことは言っていない。なのに、怖くてたまらない。

目の前のヴォルフ様に、体が勝手に震えている。全身が恐怖を訴えているのに――彼から目を離すことができなかった。

ヴォルフ様が一歩足を踏み出すと、肩がびくりと跳ねる。足が竦《すく》んで動けない。

それでいて、魅了でもされたように心臓が跳ねている。

「血が滲《にじ》んでいる、アネッサ」

ヴォルフ様の声は静かで、抑揚がなく、妙に蠱惑《こわく》的だった。

ぞっとするような色香を纏《まと》いながら、彼は私の指先を自分の口元に持っていく。

「ヴォルフ様……？」

呼びかけてもヴォルフ様は答えない。ただ無言で、私の傷口に舌を押し当てた。

そのまま見せつけるように舌を出し、ゆっくりと舐め——舌の先で傷口を押し開く。

「い、いたっ……!?」

指先に走る痛みに、私は思わず声を上げた。だけど、ヴォルフ様は気にした様子もない。

血を求めるように私の指を舐めながら、彼はもう一方の手も私に伸ばしてくる。戸惑う私の空《あ》いている方の手を握り、撫でるように指と指を絡ませた。

その間も、血を舐める彼の舌は止まらない。唾液が血と絡んで、くちゅりと水音が響く。

——舐められているだけなのに、痛いはずなのに。

熱を持って私を見据える、細められた目。指先に感じる、ぬるりとした彼の舌。もう一方の手に絡む、彼の冷たく骨ばった指先。

そのすべてが、寒気がするほどに淫靡《いんび》で、官能的だった。

「ど、どうなさったんです——んぅ……っ」

傷口を噛まれた瞬間、私の口から妙な声が出る。痛いはずなのに、同時にじんと痺《しび》れるような感覚があった。なぜだろう、吐き出す息さえ荒くなる。

わけのわからない感覚に、目の端が滲《にじ》んだ。体が熱を持っていく。

――な、なんで……!?

自分の反応が自分で理解できなかった。そもそも私は今、なにをされているのだろう?

傷を噛まれて、余計に血が出て――それでもなお、ヴォルフ様は私の傷を舐めている。

指に歯が当たって、ときどき、痛むほどにきつく噛まれて――

「うあ……っ、や、やめ……ヴォルフ様……」

そのたびにぞくぞくし、掠《かす》れた声が出る。自分がこんな声を出しているのが信じられなかった。

――なんで、なんで、なんで……!

混乱する私の頭とは裏腹に、体は魅入られたように動かない。無抵抗に手を差し出している自分が理解できず、私は涙目で首を振った。

――なんで、こんなに……体が疼《うず》いているの!?

「は、離して……ヴォルフ……様……っ!」

どうにか絞り出した声には、まるで乞うような響きがある。ヴォルフ様が唇をちろりと舌で舐め、恍惚《こうこつ》とした瞳を私に向けた。

「いい声だ」

笑いを含んだ声は、蕩《とろ》けるようだ。緩慢な仕草で顔を上げると、長い銀の髪がこぼれ落ちる。

そのまま彼は、覗き込むように私を見上げて、口を開いた。

「アネッサ」

口角の上がった口が、赤い舌を見せながら言葉を紡ぐ。

「もっとよく見せてくれ。君のその——怯《おび》えた表情《かお》」

そう言って、私に顔を寄せ——

「——申し訳ありませんが」

鼻先が触れるほど近付く、直前。ヴォルフ様以上に淡々とした声が割って入る。

私とヴォルフ様の真横に立って、じとりと白い目を向けるのはシメオンさんだ。

「ここは人目がありますので。あまり過激なことは控えていただければと」

「ひと……め……？」

聞いた言葉を、私はそのまま繰り返す。頭が呆けていて、すぐに意味を理解することができない。

ひとめ。人目——って。

――ひ、人目⁉

ようやく言葉の意味がつながった途端、体が目覚めたように動き出した。慌てて周囲を見回すと、被害状況を確認していた使用人たちが、みんなこちらを向いている。

その、なんとも言えない表情に、私は赤くなって青くなった。

――わ、私、今どんな顔をしていた⁉

さっきの私、絶対にどうかしていた。傷を舐められて、あんな声を出すなんて――

自分で自分が信じられない。

私は大慌てで、ヴォルフ様から手を引っ込めた。離れていく私を見て、彼は一瞬だけ惜しむような顔をするが、無理には引き留めない。そのまま黙って自分の手を見つめていた。

――ど、ど、どういう表情⁉

恥じらっているようには見えない。人前であんなことをして、後悔している様子もない。かと言って、得意そうだったり、してやったりという表情でもない。

わかるのは、あの呑み込まれるような色香が消えているということだけだ。その事実に、私は心から安堵の息を吐く。

――い、いろんな意味で食べられるかと思った……

生きていて良かった。物理的にも、社会的にも。なんて考えながら、跳ねる心臓を押さえる私に、シメオンさんが冷静な目を向ける。

「……アネッサ様は、一度部屋へお戻りください。傷の手当てをした方がいいでしょう」

「は、はひ！　……はい！」

噛んだ……。

しかし私の動揺など意にも介さず、シメオンさんはどこまでも落ち着いている。

「しばらくは安静にしていてください。……傷が治りきるまでは、必ず誰かを傍に付けて、あまり動き回らないようにお願いします」

「はい……」

シメオンさんの言葉に、私は申し訳なさを込めて頷いた。

軽傷とはいえ、本当は私も安静中の身。医者からも大人しくするように言われていたのだ。

それを、いてもたってもいられないからとヴォルフ様に会いに来て——こんな恥ずかしいことになってしまったのは、自業自得としか言えないだろう。

「お仕事中、お邪魔してすみませんでした」

私はそれだけ言うと、恥ずかしさから逃げるように、急ぎ足でその場を立ち去った。

——その、後ろ。

シメオンさんが、険しい顔でヴォルフ様を見ていたことに、私が気付くことはなかった。

◆　◆　◆

「——前に『獲物』が来てから、ずいぶんと経ちますが」

彼女が立ち去ったあと、シメオンは声を潜《ひそ》めてヴォルフに話しかけた。

「だいぶ鬱憤《うっぷん》が溜まっていらっしゃるようですね。……アネッサ様がいらして以来、失念していました」

シメオンの言葉に、ヴォルフは無言のまま不機嫌に口を曲げる。

この不機嫌は、邪魔されたことへの不満でもあり——衝動を抑えられなかった自分自身への苦々しさでもあった。

「考えてみれば、もともとはアネッサ様も『獲物』として招いた方でしたね。それなのに、ヴォルフ様が血を見られたのは、あの不届きな使用人たちを相手したときくらいでしょうか。それも、あなたらしくもなくすぐに始末されて」

「……」

「悪癖《あくへき》が落ち着いたのかと思いましたが……。申し訳ありません、すぐに気が付かず」

自責するように、シメオンは息を吐く。主人を誰よりも知っているると自負しているだけに、変化を察せなかったのは屈辱なのだろう。

「国に要請して、適当に罪人を呼び寄せましょうか？　若い娘の方がいいですかね。森にある別館に隔離すれば、アネッサ様にも気付かれないでしょう」

「……いや」

シメオンの提案を、ヴォルフは短く否定した。

断ったのは『獲物』に選ばれるであろう相手への、同情や罪悪感のためではない。

もっと単純に――ヴォルフは、それらを欲しいとは思えないのだ。

「飢えているつもりはないが……」

魔族としての残虐な衝動は、ヴォルフの中に今もたしかに存在している。

だけど今の彼には、耐えがたいほどの衝動があるわけではない。

ヴォルフのこの衝動は、飢えのようなものだ。一つ食べれば満たされて、時間が経つごとに再び飢え、新たな食事《えもの》を欲するようになる。

空腹になればなにがなんでも求めるが、耐えられるなら無理には求めない。差し出されれば食べるし、なければないでそれでいい。

今は、その「あれば食べる」程度の感覚だった。

――ただ……

彼女の魔力の香りだけが、ふとした瞬間に彼を刺激する。

心を蕩《とろ》かすような、甘く、かぐわしい――

「………」

シメオンはヴォルフの姿を眺め、苦々しく首を振った。

「念のため、呼び寄せる準備だけはしておきましょう。本来なら、耐えられなくなっていてもおかしくない頃合いですから」

「ああ」

頷きながらも、ヴォルフはどこか無関心だった。

見知らぬ『獲物』なんかよりも、ずっと――快感と恐怖に歪《ゆが》むあの顔を、見ていたかった。

◆　◆　◆

「んにゃー!!　どーしてそんな大怪我で外を歩き回っていたんですか!!」

部屋に戻った途端、私はロロの怒りの声とともに、ベッドの中へ押し込められてしまった。

「シメオン様に『アネッサ様の傍にいるように』と言われて慌てて来たのに、どこにもいらっしゃらなくて！　もう！　傷が開いちゃってるじゃにゃいですか!!」

ロロはそう言いながら、包帯や消毒薬を引っ張り出す。

その後ろ姿。尻尾がぶわっと膨らんでいるあたり、ずいぶんと怒っているらしい。

——そんなに心配しなくても……

とは言いにくく、私は素直にベッドでしゅんとしていた。

ロロの言う通り、たしかに私は、アーシャの魔力に巻き込まれて全身傷だらけだ。

すぐにヴォルフ様に守ってもらえたからいいものの、肉片になりかねない風に一瞬とはいえ晒《さら》されて、無事で済むはずがない。むき出しだった両腕はもちろん、服の下もあちこちに切り傷ができている。当然顔も無事ではなく、頬や額にも未だ生々しい傷痕が残っていた。

この状態でうっかり歩き回ってしまったのだから、あちこち傷が開くのも無理はない。

指先だけではなく、足や体の傷からも血が滲《にじ》んでいて、着ている服も汚してしまっていた。

「こんなことして、痕が残ったらどうするんですか!!」

こういうときのロロは、私よりもよほどしっかり者だ。

ムッと鼻の頭に皺《しわ》を寄せつつも、血で汚れた包帯を取り換えてくれる。

私はロロに包帯を巻き直してもらいながら、体を小さくしてうなだれた。

「ごめんなさい……」

私も一応は若い娘だ。傷痕を残したいとは思わない。ちゃんときれいに治すつもりはある。

——……だって、ヴォルフ様はきれいな方だから。

彼と並んで見劣りしたくない。少しでも彼に釣り合うようになりたいし——彼に『きれいだ』と思ってもらえるようになりたい。

そう思う自分に、自分で恥ずかしくなる。思わず目を伏せてしまった私の内心を知らず、ロロはじとりとした目を向けた。

「指の傷もこんなに開いて！　にゃーにやっていたんですか!!」

そう言いながらロロが消毒薬を塗っているのは、私の指の傷だった。

そのことに気が付いた途端、ただでさえ赤い顔が茹《ゆ》でられたように真っ赤になる。

「な、なにって」

ヴォルフ様に噛まれていた——なんて、とても言えない。

言えないどころか忘れたい。いや、あの場にいた全員に忘れてほしい。

——あああ……！　もう、本当になんてことしたんですか、ヴォルフ様！

「……まあ、お元気そうでいいですけども」

少し前の出来事を思い出し、「ああー……」と呻《うめ》く私に訝《いぶか》しげな目を向け、ロロはそう言った。

「アーシャ様のご容体も安定されたそうですしね。ご心配でお辛そうにされるよりは、歩き回るくらいお元気な方が安心ですにゃ」

「え、ええ。そうね、アーシャが」

話題が逸れたことに内心ほっとしつつ、私はロロに頷いてみせる。

実際、私がこうしてヴォルフ様のことに一喜一憂できるのは、今朝早くにアーシャの状況を聞いて、安心できていたからだ。

「危険なところは越えたって。じきに目も覚めるだろうって、お医者様も言っていたものね」

「にゃ！　一時はどうなるかと思いましたが、持ち直したようで良かったです」

「ヴォルフ様のおかげだわ。あれ以上魔力を放出していたら危なかったんだって」

そう言いながら、私は医者から聞いたことを思い出していた。

魔力の放出には、体力を消耗するという。もともと限界まで弱っていた上、昨日の大暴走で、アーシャは本当に危険な状況だったらしい。だけど、体力を使い果たす直前でヴォルフ様に助けられ、一命を取り留めることができたのだ。

それから丸一日。医者たちの懸命の看病の甲斐もあり、アーシャは現在、快方に向かっていた。

未だ眠り続けているのは心配だけど――

――大丈夫。

不安よりも期待を込めて、私は自分自身に言い聞かせる。

――もう大丈夫だ、ってヴォルフ様が言ってくれたんだもの。

頭の中にその姿を浮かべるだけで、頬がじんわり温かくなる。彼の視線や行動を思い返して、胸が高鳴ってしまう。

指先を噛まれたことまで思い出し、ぼぼぼぼと顔を赤くする私を、ロロが胡乱《うろん》げに見ていた。

ロロに包帯を換えてもらったあと、私は診察に来た医者に叱られ、今度こそ絶対安静を言い付けられた。ロロ以上に怒る医者には逆らえず、素直にベッドに入ってから、しばらく。

昼を少し過ぎた頃。大人しくベッドで寝ていた私の耳に、部屋の扉を叩く音が聞こえてきた。

「アネッサ、入るぞ」

返事も待たずに扉を開けたのは、もちろんヴォルフ様である。

退屈を持て余し、ロロの耳を延々と撫でていた私は、急な訪問に飛び上がるほど驚いた。

ベッドで猫のように丸くなっていたロロも、文字通り飛び上がってベッドから起き、慌てて身繕《みづくろ》いをする。

「ヴォルフ様!? な、なにかご用でしょうか……!」

当然のように部屋に入ってくるヴォルフ様に、私は上擦《うわず》った声で呼びかけた。

今朝のことがあっただけに、姿を見ただけで顔が熱くなってしまう。

「君の見舞いに来てはいけないのか」

ヴォルフ様はそう言いながら、ロロが用意したベッドサイドの椅子に腰かけた。

「それに、少し話したいこともある。いいだろうか?」

「は、はい」

緊張する私に、ヴォルフ様が薄く笑む。そのなんてことない表情に、少しドキリとした。

思えば、こういうやり取りは懐かしい。屋敷に来たばかりの頃みたいだ。

「お話ですか？　なんでしょう」

何気ない会話が嬉しくて、私は明るい声で聞き返す。それからすぐに、ヴォルフ様の『話したいこと』に思い当たり、一気に浮かれた気分が吹き飛んだ。

なにせ、ヴォルフ様と話すべきことに心当たりがありすぎるのだ。

――お父様に、アーシャに、修繕費に……

あと、父が置き去りにした従者を森の外に連れ出してくれたという話も聞いている。感謝してもしきれないが、それ以上に、謝っても謝りきれなかった。

父とは関わらないと宣言しても、血縁が消えるわけではない。このまま無関係な顔で、父の話を避け続けることはできないのだ。

「父のことでしたら……どんなお叱りでも……」

「なんでそんなつまらない話をする必要がある」

観念して口を開いた私に、ヴォルフ様は吐き捨てるようにそう言った。父の話ではない？

――だとすると……

「し、修繕費の話でしょうか……？　私に請求しないとなると、リヴィエール伯爵家に……？」

実家、潰れるんじゃないだろうか。

そんないらぬ心配をする私を、ヴォルフ様が不機嫌そうに睨み付ける。ひえっ。

「つまらない話はしないと言っただろう。君は本当に、なにも思い当たらないのか？」

――ええと……？

父でもない、修繕費でもない。となると、他には……

「アーシャの治療費のお話です……？　あっ、お借りしていた服をボロボロにしてしまって――あいたっ！」

言葉の途中で、ヴォルフ様の指が私の額を弾く。

驚いて顔を上げれば、凍るような彼の視線と目が合った。

「俺との結婚の話は、君にとって服以下か」

「……えっ」

「ごたごた続きで、結婚の話が止まっていただろう。忘れていたとは言わせないぞ」

苛立ったような彼の藍色の目を見つめつつ、私は少しの間瞬《まばた》いた。

――結婚。

…………結婚。

わ、忘れてた――!!

◆　◆　◆

ベッドの上で愕然《がくぜん》とする彼女の顔を見て、ヴォルフのこめかみが引きつった。

口の端が持ち上がるが、当然愉快なわけではない。

——忘れていたな……!?

よくも忘れることができたものだ、とヴォルフは青ざめた彼女の顔を見やる。本気で頭から抜けていたらしいその反応に、ヴォルフの方こそ青ざめてしまいそうだった。

——この俺との結婚だぞ!?　どうして忘れられるんだ!!

身分、容姿、財産のすべてが揃った美貌の公爵が求婚しているんだぞ!?　——という自惚れは置いておいても、ヴォルフには忘れられていたことが信じられない。

どちらかというと、これは恋人に蔑《ないがし》ろにされたことへのショックだった。

——たしかに、ここしばらくは騒がしかったが……

それでもヴォルフの思考の一番は、常に彼女のことだった。

彼女だって家族のことで揉《も》めてはいても、ヴォルフに好意を抱いているのは間違いない。

となれば、騒ぎが落ち着いた今、次に考えるべきことなど決まっているというのに――

「け、結婚と言うと――ヴォルフ様と……私の⁉」

動転した様子で的外れなことを口走る彼女に、ヴォルフはこめかみがさらに引きつるのを感じた。

「君の他に誰がいるんだ」

まさか、まだ『アーシャ』がどうとか言うつもりだろうか。

不愉快さに目を細めると、彼女の肩がびくりと強張った。

「それとも、今さら嫌だと言うつもりか？」

「い、いえ……！」

突き刺すようなヴォルフの声に、彼女は慌てて否定を返す。

それから、どこか不安そうな顔で、おずおずとヴォルフを窺《うかが》い見た。

「嫌ではないですが……いいんですか？　私も家族も、こんなに迷惑をかけてしまったのに……」

む、とヴォルフは口をつぐむ。たしかに、彼女の家族――リヴィエール伯爵とアーシャは、彼にとって迷惑以外のなにものでもなかった。

屋敷に外部の人間がいるだけでも不愉快なのに、散々好き勝手したのだ。挙句の果てに、伯爵とアーシャの親子喧嘩で屋敷まで破壊され、よくも生かして帰したものだと彼自身思っている。

普段なら――これまでのヴォルフであれば、伯爵は手足の先から切り刻み、最後は鼠《ねずみ》の巣にでも投げ込んでいたはずだ。

アーシャの方は惨《むご》たらしく犯《おか》してから、ゆっくりと心を壊していただろうか。

相手が恋人の家族だろうがなんだろうが、手を出すことに抵抗はない。ヴォルフにとってアネッサ以外は等しく無価値な上、あの二人は迷惑な分だけ、そこらに落ちている石ころよりも不快でさえあった。

彼の本心としては、逃げていく伯爵を捕まえて、少しくらいは憂さ晴らしをしたかったが――

――アネッサが見ていたから。

彼女の瞳に、ヴォルフの本性を映したくない。その気持ちが、彼の手を止めさせた。『優しい公爵』であるヴォルフに恋する彼女の目を、覚ましてしまいたくない。化け物ではなく人間として傍にいたい。せめて彼女の前でだけは――ありふれた人間である彼女に、釣り合うような男でありたかったのだ。

「……君が気にする必要はない」

一つ息を吐くと、ヴォルフは人間らしい平凡な慰《なぐさ》めを口にした。

罪悪感にうつむく彼女へ、安心させるよう笑みを浮かべてみせる。

「迷惑をかけたのは君ではないだろう?」

そう言って、罪悪感にうつむく彼女に微笑みかける。

優しい言葉に、優しい笑み。人間らしいやり取りなら、これで良いはずだ。彼女はヴォルフの結婚を『嫌ではない』と言った。だったらあとは安心させ、彼女が承諾するのを待てばいい。

それだけのはずだった。

「ありがとうございます。……でも」

なのに、彼女は首を横に振る。

「……やっぱり、私ではヴォルフ様の結婚相手として、相応しくないんじゃないかと思うんです」

——アネッサ?

神妙な顔で目を伏せる彼女の言葉は、どれほど人間の真似をしても、理解しがたかった。

「結婚のお話は嬉しいです。ヴォルフ様と結婚できたら……それは、すごく幸せなことだと思います。——でも、貴族の結婚となると、家格の方が大事になってきますから」

無言のヴォルフに向けて、彼女は一人で話し続ける。

うつむきながら、ぎゅっとシーツを掴む姿は苦しげで――だからこそ、ヴォルフには言っている意味がわからない。

「……リヴィエール伯爵家と縁を切った今、私の立場は平民と変わりありません。ただでさえ、伯爵家と公爵家では釣り合いが取れなかったのに――これでは、私はどんなに嬉しくても……ヴォルフ様にとっては、なんの得にもならない結婚です」

――……『嬉しい』と言っているじゃないか。

ヴォルフは眉間に皺《しわ》を寄せ、言い訳のような言葉を吐く彼女を見つめていた。

ヴォルフがこんなにも彼女を好きで、彼女もヴォルフの求めが嬉しくて、幸せなことだと思っていて――それ以上、なにも必要ないだろうに。

「私は身一つで、お役にも立てません。身分もなく、迷惑ばかりかけるのに、屋敷の修繕費も出せません。……だけどヴォルフ様は」

唇を噛む暗い横顔に、嫌な予感がする。

「ヴォルフ様は、王家の血を汲《く》むビスハイル公爵家の――当主ですから」

――だからどうした。

「ヴォルフ様は素敵な方ですから。結婚するならもっと立派で、問題のない家格の相手と――」

「アネッサ」

彼女の言葉を短く遮り、ヴォルフはベッドに身を乗り出した。

ぎょっと強張る彼女に構わず、口を塞ぐように唇を押し付けると、その体を組み伏せる。そのまま彼女の口内に舌をねじ込み、舐める――というよりは、蹂躙《じゅうりん》する。

荒々しさに驚いたのか、彼女の手がヴォルフを押し返そうとするが、彼は意にも介さない。口内を嬲《なぶ》るように犯《おか》し、唾液を流し込み――

彼女がこくりと喉《のど》を鳴らしたのを見て、ヴォルフはようやく顔を上げた。

「いい加減、腹が立ってくるな」

舌で唇を舐めながら、ヴォルフは吐き捨てる。

眼下には、仰向けに倒れたまま凍り付く彼女の姿があった。

「君は、俺が他の女と結婚しても平気なのか？」

「い、いえ！　嫌です！　嫌ですけど、そういう話ではなく――」

「その先の言葉は不要だ」

余計な言葉を吐く前に、ヴォルフは彼女の口に自分の指を突っ込む。

二本の指で彼女の口の中をかき回しながら、彼はほとんど無意識に、薄く目を細めていた。

指に感じる体内の熱に、嗜虐心《しぎゃくしん》を煽《あお》られる。おそらく今の彼は、少しも優しくなんてしてやれないのだろう。

「家格なんて、なんの言い訳にもならない」

ヴォルフの目の色が変わっていることに、彼女も気が付いたらしい。いっぱいに開かれた緑の瞳に、怯《おび》えた色が宿りはじめている。

「今さら逃げられないということを——そろそろ、君は体で理解するべきだ」

指を引き抜けば、彼女がえずくように咳をした。

目尻に浮かぶ涙に、ヴォルフの本能が疼《うず》く。

誘われるように指を這《は》わせるのは、彼女の首筋だ。細い首には無数の傷があり、血の気配があった。

いいや、首筋だけではない。体中のいたる場所に——ヴォルフが見たことのない服の下にも、無数の痕があるのだろう。

——不愉快だ。

傷だらけの恋人の体に、ヴォルフは顔をしかめる。

彼女が傷付いたことに腹を立てているわけではない。傷痕を醜《みにく》いと蔑《さげす》んでいるわけでもない。

ただ――妬《ねた》ましいのだ。

――どうして、この傷を付けたのが俺でないのか。

他人の付けた傷であることが気に食わない。

ヴォルフでさえ触れたことのない場所に、魔力とはいえ、誰かが触れて引き裂いたのだ。

それも、こんな雑に。なんの感慨もなく、自分だけが触れるべき柔い肌を弄《もてあそ》んだ。

それがたまらなく不快だった。

――俺なら、もっと丁寧に傷付ける。

一つ一つ、消えることなく痕が残るように、丁寧に皮膚を裂き、肉を抉《えぐ》るだろう。抉《えぐ》るたびに、声が嗄《か》れるまで泣き叫ぶように。できるだけ長く、激しく痛むように。

「君はもう少し自覚を持った方がいい」

「……ヴォルフ様？」

揺れる瞳が、ヴォルフの残忍な顔を映している。

怯《おび》える彼女に向けて、ヴォルフは邪悪に目を細めた。

「俺が望んでいるのは君だけで、他になにもいらないんだ」

言いながら触れるのは、彼女の下腹部だ。

服越しにへその下を撫でれば、知らず口角が持ち上がる。

――最初に傷付けるなら……ここにする。

誰にも見せられない場所に消えない傷を刻み付け、『自分が誰のものなのか』を思い知らせてやる。

痛みに喚き、信頼を裏切られ、絶望する彼女を犯《おか》すのは――さぞ気持ちがいいことだろう。

苦痛が快感に変わる瞬間、喘《あえ》ぎながら壊れていく姿は、きっとなによりも愛おしい。

「言葉で理解できないのなら、体に刻んだ方が早い。――二度と離れられないように、俺のものだと教えてやろう」

頭が魔族の思考に染まっていく。

彼女が震えながらなにか言っているが、もう耳にも入らない。

ただ下腹部を撫でる手に力を込め、噴き出す血の予感に喉《のど》を鳴らした。

傷付き、苦しみ、嘆き――それでも逃れられずに悲鳴を上げる、恋しい人。

泣き濡れた緑の目。振り乱された赤い髪。血に染まり、元の白さの面影もない肌を抱き、愛情と欲を注ぎ続ける。

それは、あまりにも――幸福な未来だろう？

――いや。
心の底で、なにかが幸せな妄想を否定する。
魔族の思考に水を差すようなそれは――
――傷付けたいわけじゃないんだ。
もう一つの、彼の本心だ。
――俺は……
取り返しのつかないことをする寸前、ヴォルフははっと彼女の体から手を離した。
矛盾した感情が、彼の頭を冷やしていく。
――今、なにを……？
ヴォルフは自分がしようとしていた行為に目を瞠《みは》り、息を呑んだ。
その瞬間――我に返った彼の耳に、ようやく彼女の言葉が聞こえてきた。
「ヴォルフ様！　ご、誤解です!!」
赤くなりながらも青ざめ、彼女は必死にヴォルフに訴えていた。
「こ、断るとは一言も！　言ってません!!」

私は全身にびっしりと冷や汗をかいていた。

体はがくがくと震え、恥ずかしながら腰も抜けている。

私に覆いかぶさり、笑みを浮かべるヴォルフ様はぞっとするほどに淫靡《いんび》で、妖艶で――怖すぎた。

◆
◆
◆

――こ、殺されるかと思った……!!

い、いや、ヴォルフ様はそんな無闇に殺人なんてする人ではない。ないとはわかっているけど、それでも本気で死ぬかと思った。

私は荒い呼吸を繰り返しながら、手を止めてくれたヴォルフ様を見上げる。

視界の端では、どんな状況を想像しているのか、ぎゅっと目を閉じ両手で耳を押さえ、「あたしなにも見ていません」と言わんばかりのロロの姿が見えた。

――た、助けてくれても良かったのに!

と内心で恨めしく思えども、責めることはできなかった。

あのヴォルフ様の様子を目にしたら、私だって口出しする勇気はない。

——こんなに怖かったのは、ヴォルフ様に告白されたときくらいだわ……！

身代わりがバレたときは別格として、それを除けば過去一番か二番くらいに怖かった。どうして、告白されたり求婚されたりしているときの方が怖いのだろう——という疑問は置いておいて。

「誤解させてすみません！」

私は恐怖に裏返った声で、覆いかぶさるヴォルフ様に叫んだ。

「さ、先に結論を言うべきでしたね！　すみません！　断りたいわけじゃないです!!」

言い訳半分、申し訳なさ半分で、私は声を張り上げる。

怒ったヴォルフ様は怖いけれど——それだけのことをした自覚はあった。

散々迷惑をかけ、リヴィエールという後見も失くし、それでもいい、とヴォルフ様は言ってくれたのだ。だけど私は、やっぱり自分の立場に自信が持てなかった。

ヴォルフ様は王家に連なる公爵家の当主で、私は伯爵家を放逐《ほうちく》された娘。身分を補えるほどの容姿や才能もなく、特別な魅力もない。とても、ヴォルフ様と釣り合うとは思えなかった。

ヴォルフ様なら、もっと素敵な相手をいくらでも選べるはずだ。怖い噂こそあれど、彼自身が魅力的な人なのだから、いくらでも好きになる女性は現れる。

そう考えると不安で——試すようなことを言ってしまったのだ。

本当に、こんな私でいいんですか——と。

「否定してもらうのを期待した、卑怯な言い方でした！　ヴォルフ様は、き、気にしないってわかっていたはずなのに……!!」

白状しながら、自分で自分の顔が赤くなっているのがわかった。自分のずるさが恥ずかしいのはもちろん、それを自分で明かすのが情けなさすぎる。

——これなら最初から素直になっていれば良かったわ！

「わ、私で良ければよろしくお願いします！　今はまだヴォルフ様に相応しくはないですけど、相応しくなれるように努力しますから!!」

勢いで言い切ると、私はようやく力の戻ってきた体を起こして、ずるずるとヴォルフ様から離れた。それから、かつてないほどの早鐘を打つ心臓に手を当てて、心の底から息を吐く。

——い、生きてて良かった……

せっかくの嬉しい話を自分でふいにした挙句、うっかり殺されては死んでも死にきれない。

次からは気を付けよう……と思いながら、私はヴォルフ様を窺《うかが》い見る。

「ヴォルフ様、あの、そういうことですので……」

どうか、怒りを収めていただけないでしょうか……

そんな期待を込めて呼びかける私に、ヴォルフ様は少しの間黙っていた。表情のない顔で私を見つめ、無言のまま瞬《まばた》きを繰り返し——それから。

「……結婚の話は進めて良いのか」

数度の瞬《まばた》きのあとで、ヴォルフ様は低い声で言った。先ほどまでの声の凄みは薄れている。

どうやら怒りが落ち着いたらしい。そのことに安堵しつつ、私は遠慮がちに頷いた。

「私で……よろしければ……」

「君『が』いいと言っているんだ」

そう言うと、ヴォルフ様は私に手を伸ばした。一瞬びくりとするけれど、なんてことはない。彼の手は、私の髪をくしゃりと撫でるだけだ。

「怖がらせて悪かった。俺の早とちりだ。……こういうことは、もうしない」

ばつが悪そうに目を逸らすと、彼はベッドから身を引いて、もともと座っていた椅子に戻る。

ほっと胸を撫で下ろす私の横で、なぜだか彼もほっとした様子だった。

「君のことは大切にしたいと思っているんだ。自制心が足りなかった。すまない」

「い、いいえ、私も誤解させるようなことを言って……ごめんなさい」

「…………」

「…………」

私とヴォルフ様は、互いに申し訳なさそうに顔を見合わせる。

そのまましばらく無言が続き――

ふ、と笑ってから、ヴォルフ様は私の額に口付けた。

唇は軽く触れるだけですぐに離れ、どことなく苦そうな彼の笑みだけが目に映る。

「続きは君の怪我が治ってからだ。今度はちゃんと優しくする」

「続き……？」

「全身に傷があっては、肌を合わせても痛いだけだろう」

――肌……？　優しく……？

言葉の意味をつなげるのに時間がかかった。

さっきの続きとなると私の解体ショーだろうか――と思いかけ、はっと気が付く。

――そういえば私、キスされて押し倒されたんですね!!

恐怖にすっかり吹き飛んでいたが、事実を見るとそれだけだ。口の中に指を入れられたのはちょっと苦しかったけど、別に解体されてはいない。

どちらかというと男女のそういうやつで……つまり続きと言うのは……

「つ、続きですか……！」

「さすがに、もう嫌だとは言わせないぞ」

私の言葉を先回りして、ヴォルフ様は断固とした声で言った。

――さ、さっきまで死ぬほど怖かった人が言うことですか⁉

とは思うけど、今のヴォルフ様に先ほどまでの様子はない。

むしろ、私を見つめる目は甘すぎるくらいで、その落差に感情が落ち着かなかった。

「誤解も解けた。結婚もする。君の気持ちの準備にしても、ずいぶんと待ったつもりだ」

うっ……

「君はいつまで経っても不安なようだからな。言葉でわからないなら、体で理解した方がいい」

ううっ……。そ、それはさっきもおっしゃっていましたね……

「それとも君は、俺に抱かれるのは嫌か？」

「そ、それは……」

あまりに飾らなさすぎる問いに、思わず口ごもってしまう。

すぐに答えることができず、私は口をつぐんだまま、ちらりとヴォルフ様を窺《うかが》い見た。椅子の上で長い脚を組み、ヴォルフ様もまた私を見ている。私の視線に気が付くと、藍色の目が細められた。

手は膝の上で組み合わされている。薄く血管の浮く大きな手に、私はドキリとした。

——さっきは……すごく怖かった。

あの手が私に触れたとき、本当に殺されてしまうような気がした。

今回だけじゃない。彼の雰囲気に呑まれて、自分がおかしくなるんじゃないかと思うことも何度もある。魔族の血を感じて、いつも震えてしまう。

——でも。

あの手は、それ以上に私を助けてくれた。

——怖いだけの人じゃないと、知っているもの。

怖い以上に優しくて、安心させてくれる。ときどき強引で、ドキドキさせてくれる。

触れるとひやりとして、だけどほんのり温かくて、胸が熱くなる。

だから、彼の手に触れられるのは——

「嫌じゃ………ないです」

「君を抱いても？」

ヴォルフ様の声は誘うようだ。

かすかに傾いた首筋に、青銀の髪がこぼれ落ちる。仮面に隠れた美貌は甘く、私を惑わすように微笑んでいた。

私はベッドの上で、ぎゅっと両手を握りしめた。

言葉を出そうと口を開いて、なかなか出せずに息だけ吐き出す。そのたびに顔が熱を持ち、体が強張っていく。

顔から湯気が出るのではないか、と思うくらい熱くなったとき――

「……はい」

私はどうにか、短い返事を告げることができた。

◆　◆　◆

「…………」

彼女の部屋を出たあと、ヴォルフはしばらくの間、無言で自分の手を見つめていた。

下腹部を撫でた感触は、まだ手の中に残っている。

強張った体、服に阻まれた肌、その下にある熱。熱い血の気配と、かすかな魔力の香り。

それから——幸福な、凌辱《りょうじょく》の予感。

——……怒りに我を忘れていただけだ。

名残惜しさを握り潰すように、彼はその手を握りしめた。

飢えを感じているわけではない。獲物も欲しくはない。頭を振れば、思考はすぐに切り替わる。

こんな些末な違和感よりも、もっとずっと重要なことがあるのだ。

——アネッサ。

別れたばかりの恋人を思い出し、ヴォルフは知らず、口元に笑みを浮かべた。

ただでさえ赤くなりやすい顔を真っ赤に染め、緊張に身を固くして——彼女はついに、ヴォルフの誘いを承諾したのだ。

頷く彼女の膝の上には、覚悟を決めて握りしめられた、細くて小さな手。

恥ずかしそうに伏せられた緑の瞳に、こぼれ落ちる赤茶けた髪の色。

掠《かす》れた肯定の声を聞いたとき、あの場で襲わずにいられたのは奇跡としか言いようがない。

怪我が治ったら、あの肌が自分のものになるのだ。

そう思うと心が浮き立つ。彼女ではないが、自分の頬まで赤くなる気がした。

――この、俺が。

たかだか女一人。小娘一人。

たいして美人でもない凡庸《ぼんよう》な娘に、冷血公爵とまで言われた自分が――などという自尊心も、今は無意味だ。彼女を愛せることも、彼女が妻となることも、ただ嬉しくてたまらない。

思えばここまで、ずいぶんと待たされたものだ。互いの気持ちを知ってからも、何度も彼女が指先からすり抜けていく心地がした。

捕まえたくて仕方がないのに、本当に欲しい彼女だけはなかなか手に入らない。このもどかしさも、だけどもうじき終わるのだ。

――あとどれくらいだろうか。

傷はいつ癒《い》えるだろうか。早く癒《いや》す方法はないだろうか。どこまで治れば触れてもいいだろうか。

待ちきれなさにそわそわする。

いかにも浮足立っている自分にばつの悪さを感じるが、それでも期待することをやめられない。

――早く、早く触れたい。

早くこの手で抱きたい。

早く肌を合わせたい。

早く声を聞きたい、悦《よろこ》ばせたい、喘《あえ》がせたい。

早く、早く、早く、俺の手で――

その、血を。

――撒《ま》き散らせッッッ!!

◆　◆　◆

――承諾してしまったわ。

承諾、して、しまった。

ヴォルフ様が出ていった部屋の中。私はベッドの上で呆然としていた。

自分で口にしたことが、未だに信じられない。

『君を抱いても？』

聞いたばかりの言葉が、頭の中をぐるぐると回っている。仮面越しの薄い笑み。誘うような声。私に向けられた藍色の瞳に、私は――

──『はい』って言ってしまったわ！　『はい』って‼

自分で言った言葉が信じられず、私は枕を抱いて足をばたばたと動かした。口からは、勝手に「あー！」と悲鳴じみた声が出る。頭の熱は頷いた瞬間からずっと冷めず、むしろますます熱くなっている気さえした。

──だって……だって！　本気なの⁉　ヴォルフ様と、そ、そういうことをするのよ⁉

今までだって、たしかに押し倒されたことはある。だけどあれらは、いつもヴォルフ様からだ。強引な彼の態度に、私は戸惑うばかりだった、けど。

今回ばかりは話が違う。私は彼の誘いの意味をわかって、自分の意志ではっきりと頷いたのだ。

つまりそれは、ヴォルフ様とそういうことをすると、自分で受け入れたわけで……

──わ、私……ヴォルフ様と……い、いえ、結婚したらいつかはすることだけど！

その結婚の話も、ヴォルフ様は進めると言ってくれた。

それはそれでとんでもなく重要なことなのに、うっかりまた忘れてしまいかねないくらいに、私の頭は混乱していた。

──ど、どうしよう……傷が治るのってどのくらい……⁉

体中の傷は、数こそ多いがそのほとんどは軽傷だ。今日明日とはいかなくとも、数日あればきれいに癒《い》えるだろう。一番深い傷でも、長く見積もっても十日程度だ。

となると――

――十日後には、あの続きを⁉　キスより先のことをするの⁉　本当に⁉

た、大変なことになってしまったわ――‼

内心でどれほど叫んでも気持ちは落ち着かず、私は抱き寄せた枕をどうしようもなくぽかぽかと叩いた。

そうして、どれくらいベッドで暴れていただろう。

暴れ疲れ、少し落ち着きを取り戻した頃。私はようやくベッドから顔を上げ――

部屋の隅で、所在なく立つ少女の姿に気が付いた。

「――ロロ！」

――い、いるの忘れていたわ‼

相変わらずぎゅっと目をつぶり、耳を塞ぐようにぺたりと押さえ付けたロロの姿に、私はぎくりと身を強張らせる。考えてみれば、ヴォルフ様が来て以降、彼女が部屋を出ていった様子はない。

ということは、ヴォルフ様とのやり取りも、一人ベッドで暴れていたことも、全部見られて……？

「ろ、ロロ……あの……」

私はベッドから起き上がると、壁際に立ったままのロロにおそるおそる手を伸ばす。

遠慮がちに肩を叩くけれど、ロロはそれでも目を開けないまま――

「えっちなことは終わりましたか？」

「ロロ!!」

とんでもない発言に、思わず悲鳴じみた声が出る。慌てて誤解だと言おうとするが、それよりもロロの言葉の方が早かった。

「あたしはなにも見ていません。聞いていません。ごゆっくりどうぞ！」

「ちがーう!!」

私は心の底から叫んだ。でも、耳を塞いでいるロロには聞こえていない。

――と、と、とにかく誤解を解かないと！　なんにもなかったんだから！

そう思って、ロロの肩を揺さぶったとき――

部屋の扉が勢い良く開かれた。

驚いて振り返れば、いつも仲良くしてくれるメイドの一人が息を切らして立っている。

「た、大変です！　アネッサ様!!」

これ以上大変なことってある⁉

「アーシャ様が！　アーシャ様が目を覚まされました‼」

あった。

――………アーシャが、目を覚ました⁉

大混乱の中、私は大急ぎでアーシャの部屋へ駆け付けた。

病室が移動したからと、案内に立ってくれたメイドも追い抜かしてたどり着いた部屋の前。ノックの手間も惜しんで扉を開け、私は部屋に飛び込んだ。

日が暮れかけ、西日の差し込む部屋で、アーシャはぼんやりと窓の外を眺めていた。

半身を起こし、どこか呆けた様子の彼女に駆け寄りながら、私は逸《はや》る気持ちで名前を呼ぶ。

「アーシャ！」

アーシャはそこで、初めて気が付いたように振り返った。

私の姿を認め、何度か瞬《またた》いてから、彼女は弱々しく目を細める。

「あ、お姉さま……！」

そのままなにか言いたそうにしたけど、それよりも早く私はアーシャの体を抱きしめた。

腕に感じるたしかな感触に、このときばかりは混乱も吹き飛んだ。

──アーシャ……！

ヴォルフ様が『もう大丈夫だ』と言ってくれて、アーシャのために手を尽くしてくれた。だから大丈夫だと信じていた。絶対に助かると信じていたけど──それでも、きっとどこか不安だった。

こうして触れて、声を聞いて、心から安堵している。

「良かった……」

きつく抱きしめると、アーシャが困ったように身じろぎをする気配がした。私の腕の中、彼女は首を動かし──ぎくりとしたように身を強張らせる。

「そのお姿、ひどいお怪我が……！　ごめんなさい、わたしが……わたしのせいで──」

「ううん」

続く言葉を拒み、私は首を横に振った。

私の怪我はいずれ治る。それよりも今は、とにかくアーシャが生きていてくれたことが嬉しい。

「アーシャが無事ならいいのよ」

そう言うと、私はアーシャを抱く手に力を込めた。

「……お姉さま」

大人しく私に抱きしめられながら、アーシャはどこか呆けたようにつぶやいた。

「……やっぱり、お姉さまだったのね。あのときの、あの声」

アーシャの声は、誰かに話しかけるようでもあり、独り言のようにも聞こえる。

今は身じろぎもしないまま。静かな部屋の中で、アーシャは記憶をたどるように目を閉じた。

「お姉さま、あのね。わたし、あのとき声を聞いたの。暗い闇の中、魔力に呑まれたわたしを呼ぶ声。誰も近付けないはずなのに。誰も傍にいてくれないはずなのに。わたし、いつも一人だったのに」

とつとつとした声が、部屋の中に響く。

まるで幼い少女のようなその声音に、私はなぜだか昔のことを思い出していた。まだ私もアーシャも幼くて――私が、アーシャの部屋に忍び込むよりも前のこと。

「暴走中は危険だから、誰も寄り付こうとしなかったのに。お父さまも、お母さまも、みんな」

掌中《しょうちゅう》の珠《たま》のように育てられていたアーシャは、ずっと部屋の中にいた。

父も母もアーシャにかかりきりのはずなのに、一人でぼんやりと窓の外を見ているアーシャの姿を、私は幼い頃、何度も屋敷の外から見上げていた。

あのときは羨《うらや》ましくて、いつか意地悪してやろうと思いながら見ていたけど――魔力が不安定だからと外に出ることも許されず、ずっと窓の外を眺めるアーシャはどんな気持ちでいたのだろう。

「あのまま消えていくのだと思っていたわ。ずっと一人のまま。だけど急に手を掴まれて――暗い場所から連れ出してくれたの」

一度言葉を切り、アーシャはくすりと笑う。

どこか、遠い昔を思い出すように。

「……きっと忘れてしまっていたんだわ。ずっとそうだったものね。外の風も、緑の匂いも、カエルの可愛さも、教えてくれたのはお姉さまだったわ」

アーシャがあの暴走の中、なにを思っていたのかを私は知らない。

ただ、声に少しずつ元気が戻ってきている。

それで、私には十分だった。

「お姉さま。ずっとわたしの手を握っていてくれて、ありがとう」

笑うようにそう言うと、アーシャはおずおずとした手付きで、私の体を抱き返した。

アーシャの体調はすこぶる良かった。

先日の大暴走で、ほとんどの魔力を失ったのがかえって幸運だったらしい。今のアーシャには魔力を暴走させるだけの力はなく、魔力に体力を奪われることがなくなったのだ。

魔力の回復には時間がかかるという。この調子なら、魔力が戻る前に、暴走に耐えるだけの十分な体力を取り戻すことができるだろう。心配事がなくなった分、むしろ体の回復が早まるかもしれない――と、医者から聞いて、安堵したのが数日前。

私は今日も、アーシャを見舞いに部屋を訪ねていた。

「アーシャ、いいかしら」

ロロをお供に部屋の扉を叩き、私は明るい声で呼びかける。

はい、と返事があるので、いつものように何気なく扉を開き――

「食欲もだいぶ出てきたって聞いたけど、調子はどう？　ムースなら食べやすいかなって作って――」

「やあ、アネッサ」

見覚えのある青銀の髪に凍り付いた。

ベッドサイドの椅子に腰かけ、足を組んで私を迎えたのは、笑みを浮かべたヴォルフ様だ。

いや、顔はにこりと笑っているけど、空気がまったく笑っていない。

絶対零度の冷たい空気に、ベッドのアーシャも体を強張らせていた。

「また俺を避けるとはいい度胸だ。だけど逃げる場所はもう少し工夫した方がいい」

凍える威圧感を放ちながら、ヴォルフ様はそう言って、射貫くような目を私に向ける。

その視線に体が竦《すく》み、私は部屋に入ることも逃げることもできなかった。

隣でムースを持つロロも、耳をぺたんと伏せて怯《おび》えている。

「ヴォルフ様、ええと……その、これは……」

どうにか言い訳をしようと口を開くが、実のところ言い訳のしようがなかった。

なにせ私は、実際にヴォルフ様を避けていたのである。

――だって、どんな顔で会えばいいの……!?

会えば間違いなく、例の『あの話』を思い出してしまう。

それどころか、会わなくてもずっとそのことを考えてしまうので、ここ数日はできるだけ忙しくして、考える暇のないようにと心がけていた。

それで、アーシャのお見舞いをしたり、メイドの子たちとお茶をしたり、厨房に出向いたり、なんやかやと過ごしていたわけなのだけど……

ヴォルフ様には、姑息《こそく》な逃げなど通用しなかった。

彼は逃げたことを後悔するような空気を纏《まと》い、口角の上がった口を開く。

「だいたい、君も安静中の身だろう？　そうも歩き回って、おまけに菓子作りか。怪我を治す気はあるのか？」

「ええ……ええと……」

冷たく刺すような声に、私は震えればいいのか赤くなればいいのかわからなかった。

もちろん怪我は治したいと思っている。思ってはいるけど、怪我が治るということは、つまりそういうことなのだ。

「……まあいい」

震えながらも赤くなり、目を伏せてしまった私に向けて、ヴォルフ様はそう言った。

だけどどう見ても、『まあいい』という顔ではない。

彼の顔に浮かぶ、獲物を前にした肉食獣のような、どこか酷薄そうな笑みは、まさに冷血公爵という言葉がよく似合う。

「見舞いなら手早く終えるんだな。アーシャ嬢の体調は、もう心配するような状態ではない。それよりも君は、自分の治療に専念しろ」

「……はい」

「次に菓子なんて作ろうものなら、もう傷は治ったと判断する」

「は、はいぃ……！」

悲鳴のような声で頷く私の姿を、アーシャが訝《いぶか》しそうに見つめていた。

◆◆◆

ムースを食べる手を止めて、アーシャはぼんやりと窓の外に目を向けた。

眼下に広がるのは、公爵邸の中庭だ。そのさらに奥にある暗い森を見て、彼女はため息を吐く。

「……アーシャ、どうかした？」

姉の優しい問いかけに、物思いにふけっていたアーシャはぎくりとした。

反射的に袖に手を当て、慌てて首を横に振る。

「い、いいえ、なんでもないわ」

口ではそう言いながらも、なんでもないはずがなかった。

姉の背後にいる恐ろしい公爵の視線に晒《さら》されて、思わず体が震え上がる。

魔力が枯渇し、他人の魔力を感じられなくなってもなお、公爵の纏《まと》う空気は恐ろしい。

特に今は機嫌が悪いらしく、姉に話しかけられるたびに睨まれるのだから、たまらなかった。

——それに……

窺《うかが》うように、アーシャはそっと公爵を見上げる。

アーシャが彼を恐れるのは、雰囲気だけが理由ではない。

あの魔力の暴走の果てに、アーシャは彼の仮面の下を見てしまったのだ。

「アーシャ、考え事？」

不思議そうな姉の声に我に返り、アーシャは逃げるように公爵から目を逸らした。

代わりに姉に顔を向けるけれど、そちらも向いていられずに、すぐに窓の外へと視線を移す。

——……お姉さまに、話したいことがあったのに。

袖の中に隠したものを無意識に撫で、アーシャは息を吐く。公爵の姿があっては切り出しにくい。

……いや、公爵がいなくても、やはりアーシャは口を開くことができなかっただろう。

——どうすればいいの……？

姉になにか話しかけられても、アーシャは上手く答えられない。

心配そうな姉の様子に、頼りたくなってしまうけど——今のアーシャが抱える悩みは、姉だからこそ、話しにくいものだった。

視線は無意識に、窓の外へと向かう。

上天気の青い空。真昼の日差しの中に、森の緑が見える。

「アーシャ？」

姉の問いに、アーシャは気が付かない。

窓の外を眺め、鳥が飛ぶのを見つめながら——思い出すのは、今朝のことだ。

あれはまだ朝も早く、部屋には誰もいない時間帯。鳥が一羽、窓辺で鳴いていた。

窓を開けるとすぐに入ってきて——

「ねえ、聞こえてる？　大丈夫？」

アーシャの手の中で、鳥は一枚の紙切れへと姿を変えた。魔術師たちがよく使う、手紙を届ける魔法の一つだ。

「アーシャ、ねえアーシャ、どうしたの」

手紙の中身は、まだ誰にも話していない。きっと本当は、姉に一番に相談するべきなのだろうけど——アーシャにはそれができなかった。

——だって、この手紙の差出人は……

再び、アーシャの手が袖に伸びる。

袖の下に隠された手紙を撫でるたび、迷いは深くなっていく気がした。

「アーシャ！」

「――ふん」

いつしか、視線は窓の外に向かったまま考えに沈み、誰の声も耳に入らなくなっていた。

――わたし、どうすればいいの。……どうしたいの？

「アーシャ嬢」

悩むアーシャの手首を、不意になにかが強く掴んだ。

驚いて顔を上げたときにはもう遅い。

「袖になにか隠しているな？」

眼前に身も竦《すく》むような公爵が迫っていて、呆けていたアーシャの袖から容赦《ようしゃ》なく秘密を抜き取るところだった。

一枚の紙切れを、公爵は興味もなさそうに一瞥《いちべつ》する。

だけどその差出人の名前を見たとき、彼はほんのかすかに――冷たく嘲笑した。

「リヴィエール伯爵からの手紙か」

懲《こ》りない男だ、と酷薄そうに囁《ささや》く公爵よりも――

父の名を聞いて表情を固くする姉の方が、今のアーシャには恐ろしかった。

◆　◆　◆

――お父様からの手紙？

淡々としたヴォルフ様の言葉に、私はその場で凍り付いた。

ヴォルフ様はたいして関心もなさそうに紙切れを見ると、呆れた様子で息を吐く。

「魔力の気配がするな。魔法で送られてきたか。ずいぶんと残り香がきつい」

眉をひそめるヴォルフ様を、私は呆然と見上げていた。正確には、彼の手の中の手紙を、だ。

――お父様からの手紙って……どうしてアーシャがそんなものを……？

父がこの屋敷にいないことは、すでにアーシャには伝えてある。ただし、話したのは父が出ていったことだけだ。

縁を切ったことも、私自身が追い出してしまったことも、私はまだアーシャに言うことができずにいた。アーシャもまた、あのとき父となにがあったのかを教えてくれていない。

話しにくいことだからと、つい避けてきてしまった話題だけど――

無言のままアーシャを見やると、青ざめた顔が目に入る。まるで、父からの手紙のことを知られたくなかったかのような表情だ。

「――なるほど。アーシャ嬢に直接届けたいわけだ。まっとうに送れる内容ではないな」

ヴォルフ様はアーシャの反応にたいした興味も示さず、持っていた紙を私に差し出した。

「君も見るか？」

差し出された紙を前に、私は一瞬ためらった。

他人宛の手紙を見るなんて、褒められたことではない。アーシャもきっと、見られたくないだろう。

だけど――

――まっとうに渡すことのできない、お父様からアーシャへの手紙。

ヴォルフ様の言葉が、『人の手紙を見てはいけない』という常識を押しのける。

アーシャには悪いと思いつつも、私はためらいを振り切り、ヴォルフ様から手紙を受け取った。

❖　❖　❖

アーシャ、私が悪かった。許してくれ。

お前のことを本当に愛している。あのときは驚いて、気が動転していたのだ。心にもないことを口走り、お前を傷付けてしまった。

今は深く反省している。もう一度会って、顔を見て、きちんと謝罪をしたいと思っている。

だけど私は、もう屋敷を追い出されてしまった身だ。ビスハイル公爵に合わせる顔がないし、アネッサのやつも私を毛嫌いしていて、お前に近付くことを許さないだろう。

だから、どうかお前から来てくれないだろうか。

今晩、公爵邸を出た先にある森の泉で、この手紙を持って待っていてくれ。

お前がまだ、少しでも父を愛してくれているのなら、私のささやかな望みを聞いてほしい。

妻も息子も、お前がいなくては寂しがる。仲直りをして、また一緒に暮らしたいのだ。

お前だって、家族と離れたくはないだろう？

アネッサは私のことを散々に言っているだろうが、信じないでほしい。

あいつは勝手に私とお前の縁を切ろうとしたが、私にとってお前はいつまでも愛する娘だ。

縁を切る気なんて、これっぽっちもないとわかってくれるな？

私がどれほど家族を思い、お前を愛してきたかは、お前自身が知っているはずだ。たった一度の過ちだけで崩れ去るようなものではなかったと、私は信じている。

アーシャ、私の可愛い、自慢の娘。

お前が真に家族を愛しているのなら、今夜間違いなく、約束の場所へ来てくれ。

二人きりで、大事な話をしよう。

追伸
この手紙は、誰にも見せないように。
特にアネッサには絶対に見せるな。
あいつは、どうにかして私をお前と引き離そうとしている。
この手紙を見たら、絶対にあることないこと言って反対してくるはずだ。
アーシャ、お前が、お前自身で判断してくれ。

家族とまた暮らすか――それともその屋敷に残り、二度と家族と会わないか。
私は、お前の愛を信じている。

❖　❖　❖

私は反射的に、父の手紙を握り潰した。

くしゃりと握る手が震える。

「お父様……！　よくも平気で、こんなこと……!!」

父がアーシャにした仕打ちを、忘れたとは言わせない。

暴走しながらも父を求めるアーシャの声を聞かず、見向きもせず、挙句に散々『化け物』呼ばわりしておいて――今さらどんな顔でこの手紙を書いたというのだろう。

――謝罪なんて嘘に決まっているわ！

たった一度の過ちなんて、よくも平気で書けたものだ。

だいたいこの手紙の内容は、謝罪ではなくアーシャへの脅しではないか。

――『家族を愛しているなら』なんて……！　お母様たちは関係ないのに！

私からすれば、母や弟にも思うところはある。

だけど、今回の暴走を引き起こしたのは、すべて父自身の責任だ。

——それなのにこんな書き方！　卑怯すぎるわ、お父様！　アーシャの気持ちを知っていて！

アーシャが母や弟を愛していると知っていて、父はこんな手紙を書いたのだ。

もう一度家族に会いたければ、自分を許せ——と。

母と弟を人質に取るようなやり方に、言葉にならない怒りが湧く。

これはアーシャだけではなく、母たちまでをも踏みにじる行為だ。

——だいたい、お父様はアーシャに会ってどうするつもり⁉

きっと単純に会って謝罪をするだけではないのだろう。

わざわざ魔法を使ってまで、私に手紙を見せないようにしているのだ。後ろ暗いことがあると勘ぐらずにはいられない。

「アーシャ」

手紙を握りしめたまま、私は低い声でアーシャを呼ぶ。

青ざめ、怯《おび》えた様子のアーシャを、今は気にしてあげられない。

「絶対に行ってはだめ。信用できるはずがないわ」

「……お姉さま」

「お母様に会いたいかもしれないけど、我慢して。お父様のことだもの、謝罪をするだけで終わるとは思えないわ」

アーシャの肩を掴み、私は真正面から彼女を見据えて言った。

アーシャは一度私と目を合わせるが——すぐに、耐えきれなくなったように逸らしてしまう。

「そう。……そうよね」

両手を膝の上で力なく握りしめ、彼女は窓の外に目を向けた。

「やっぱり、嘘をつかれているのよね、わたし……」

お姉さまの言う通りだわ、と小さくつぶやいたきり、アーシャは口を閉ざしてしまった。

思いつめたような視線だけが、遠く、空を飛ぶ鳥を見つめていた。

アーシャの部屋を出たあと、自室に戻った私は、ぼんやりと窓の外を眺めていた。

空はすっかり日が落ちている。窓から見える前庭にも影が落ち、夜らしい風が吹き抜けた。

庭から視線を上げると、屋敷の門が見える。その先には深い森が広がっていた。

——あの先に、お父様の言っていた泉があるのね。

見えない泉に目を凝《こ》らし、私は何度目かわからない息を吐く。

こんな暗い夜に、父は本当に待っているのだろうか。もし待っているとして――アーシャは、父に会いに行くのだろうか。

――ヴォルフ様は『放っておけ』とおっしゃったけど……

遠く森を見つめながら、私はアーシャの部屋を出てからのことを思い出す。

『君が思い悩むようなことではない。アーシャ嬢が出ていくとしても、それは彼女自身の選択だ』

アーシャの部屋を出たあと、ヴォルフ様はそう言って私を勇気付けてくれた。

部屋の中での不機嫌とは打って変わって上機嫌に見えたのは、きっと私を気遣ってくれたからだろう。

――ヴォルフ様も、アーシャのことは可愛がってくださっているのに。

内心では、アーシャのことを心配しているに違いない。それなのに、彼は私の肩を抱き寄せ、なんてことないように笑ってみせてくれたのだ。

『アーシャ嬢も幼い子どもではない。もっと彼女の判断を信用してやれ』

ヴォルフ様の言う通りだと、頭ではわかっている。アーシャだって自分で考えられる年齢だ。彼女がどうしたいかを、私が決めることなんてできない。

それでも、どうしてもぐるぐると考えてしまう。

――アーシャは、家族と仲が良かったもの。

アーシャしかいない私とは違う。彼女は母に可愛がられていたし、弟にも懐かれていた。

そもそも、実家には帰らないつもりで自分から飛び出した私と違って、アーシャは父に強制的に連れてこられた身だ。家族との別れなんて覚悟しているはずがないし、もう一度会いたいと思うのも当然だろう。

だけど、父の誘いに乗れば、ろくなことにならないのはわかりきっていた。

弱った娘を旅に連れ出すことも、魔法で眠らせて運ぶことも厭《いと》わないような親だ。心を入れ替え、今後は優しい父になってくれるだろう――なんて楽観的には考えられない。

――アーシャを会いに行かせるわけにはいかないわ。でも、アーシャのあの反応は……。

結局アーシャは、父に会いに行くとも、行かないとも言わなかった。

私がなにを言っても上の空で、ただ、思い悩むように外を見つめるだけだ。

――家に……帰りたいのかな……。

記憶の中のアーシャの姿に、私は知らずため息を吐く。

もしも今のアーシャが伯爵家に戻ったとして、もう私はいないのだ。

あの家で誰にも守られず、アーシャは生きていけるだろうか。

あるいはそれさえも承知の上で——死を覚悟してでも、母や弟に会いたいのだろうか。

——……私がいるのに。

アーシャにとっては、姉の私だけではやっぱり足りないのだろうか。

——なにを考えているの。

窓枠に手をかけ、私は重たい頭を振った。風で頭を冷やそうと、窓から身を乗り出したとき、私はふと、前庭に揺れる灯《あか》りを見た。

ランタンを手に、供も連れずに歩く人の影。その姿を、見間違うはずがない。

——アーシャ！

部屋で寝ているはずの妹の姿に、私は目を見開いた。どうして外に——なんて考えるまでもない。

——ヴォルフ様には悪いけど、やっぱり放っておけないわ！

私は彼女を止めようと、夢中で部屋を飛び出した。

ランタンを手に、私はしばらく夜の庭を走り続けた。冷たい夜風が吹き抜ける中、走って、走って——

走り疲れて息も切れた頃。屋敷の門から遠く離れた前庭の東屋《あずまや》で、私はようやくアーシャの姿を見つけることができた。

――いた！　アーシャ！

アーシャは東屋《あずまや》の屋根の下、ランタンをテーブルに置き、一人でベンチに腰かけていた。

服は寝間着のまま、夏とはいえ上着すらも羽織っていない。

それを気にした様子もなく、彼女は両手で頬杖をつき、思い詰めた顔で空を見上げていた。

「アーシャ！」

私は迷わずアーシャに駆け寄ると、その腕を掴んだ。

「やっぱり私、アーシャをお父様のところへ行かせられないわ」

ぐっと強く腕を引けば、アーシャが驚いた顔でこちらに振り返る。

呆けた瞳が私を映し、意外そうに瞬《またた》いた。

「……お姉さま？」

「あの手紙は、お父様の嘘に決まっているわ！　わざわざ夜に一人で来るように仕向けるなんて、まともな話とは思えないもの。アーシャは、それでもお父様に会いたいだろうけど……！」

小首を傾げるアーシャの前で、私は早口にそう言った。

アーシャとしては、どんなにひどい扱いを受けたとしても、家族の傍にいたいのかもしれない。それならば今の私は、アーシャにとっての邪魔者だ。うっとうしいと思われて、嫌われるかもしれない。

そうとわかっていても、彼女の腕を離すことはできなかった。

「たとえアーシャが嫌がったって、絶対に行かせない。もし行くって言うのなら――力尽くでも止めるわ！」

アーシャを掴む手に力を込め、私は彼女を強く見据える。

腕力には自信がないけど、弱っているアーシャを引き留めることくらいはできるはずだ。

――どんなに抵抗されても、絶対に行かせないわ！

そう覚悟を決める私に、アーシャはきょとんとした顔を向けた。

「お父さまのところへ……行く……？」

覚悟した抵抗は、まったくない。私に腕を掴まれたまま、彼女はますます首を傾げた。

「わたしが……？　……そんな風に見えていたの？」

その上、逆に聞き返されてしまう。

心底不思議そうな声に、私の方がたじろいだ。

「そ、そんな風にしか見えなかった……けど……」

けど、と言いながら、私は改めてアーシャの姿に目を向ける。

寝間着姿のアーシャの持ち物は、ランタン一つ。上着はなく、靴も部屋で履くような靴底の薄いものだ。とてもではないが、森を歩ける格好とは思えない。

そもそもの話、この東屋《あずまや》自体が屋敷の門から離れているのだから、外に出るならこんな場所に来るはずはないわけで……

「一人で外の空気を吸いたかったの。部屋でじっとしていると辛くて。でも、お医者さまは外に出ることを許してくれないから、こっそり抜けてきたのよ。……誤解させちゃったかしら」

すまなそうに頭を下げるアーシャに、私の頬がみるみる羞恥に染まっていく。

熱を持った頬は夜の風でも冷やせない。真っ赤になったまま、私は内心で叫んだ。

――ま、ま、また早とちりだったわ!!

うわあ……と声には出さず頭を抱える私を見て、アーシャが困ったように苦笑した。

それから小さく頭を振り、自分の向かい側を指し示す。

「お姉さま、心配かけてごめんなさい。……せっかくだから、お話ししていきません？」

アーシャの誘いに、私は少しためらった。今まさに恥ずかしい思いをしたばかりなのだ。どんな顔で話せばいいかわからず、いっそ逃げ帰ってしまいたい。

だけど、迷いながら窺《うかが》い見たアーシャの横顔に、私は断ることができなくなった。

アーシャの弱々しい笑みの中に、思い詰めた色がある。大人しいアーシャが、部屋でじっとしていられないくらいに悩んでいるのだ。

だったら――アーシャの気が軽くなるのなら、私はいくらでも話し相手になる。

すとんと腰を下ろした私を見て、アーシャは暗闇の中、眩しそうに目を細めた。

「……ありがとう、お姉さま。お姉さまはやっぱり、わたしの話を聞いてくださるのね」

そう言うと、アーシャは小さく息を吸う。それから、覚悟を決めたように口を開いた。

「お父さまに会いに行くつもりはなかったのよ。……さすがに、もうどうやって顔を合わせればいいかわからないもの」

話しながら、彼女は東屋《あずまや》の外に目を向ける。視線の先にあるのは、星々の散らばる夜空だ。

静かに瞬《またた》く星々を見つめながら、アーシャは笑うように息を吐く。

「手紙に従う気もないの。だってお姉さまの言う通り、謝罪なんて嘘に決まっているわ。わたし、あのときお父さまの本心を聞いてしまったもの」

苦しげに言って、彼女は袖から父の手紙を取り出した。

私が一度くしゃくしゃに握り潰したその手紙は、今はきれいにたたみ直されている。

「化け物だって。出来損ないだって。厄介者の恩知らずだって。そこまで言われれば、いくらわたしでもわかるわ」

くすくすと笑う声を、私は黙って聞いていた。

丁寧に皺《しわ》の伸ばされた手紙を、アーシャはなぞるようにゆっくりと撫でる。

優しい手付きにも見えたし、それ以上に息苦しそうにも見えた。

「なのに、お父さまはこんな手紙を送ってくるのよ。お姉さまには絶対にしないのに、わたしには」

アーシャはそこで、一度言葉を切る。

震える声を呑み込んで、一つ深呼吸をしてから——吐き出すのは、自嘲するような声だ。

「わたしなら、騙せると思っているんだわ。あんなことをされても、まだ言うことを聞くと思われているの。そう思うと、どうしても苦しくて……落ち着いていられなかったの」

「…………」

「わたし、お父さまにとってなんだったのかしら。あの家の、なんだったのかしら。お姉さまを見捨ててまで、必要とされようとしたけど――きっと、ただの人形だったんだわ、わたし」

「……見捨ててなんかないわ」

自虐的な言葉に、私は首を横に振った。

アーシャ自身はそうは思っていなくても、アーシャが私をずっと気にかけてくれていたことを、私は知っている。

「だから、あんなに魔力が不安定だったんでしょう？」

魔力の揺らぎは精神的な揺らぎと同じことだ。

アーシャはあの家で、ずっと不安定に暮らしていた。

両親に可愛がられ、弟に懐かれ、服も宝石も好きなだけ買い与えられても、ずっと。

「私のために心を痛めてくれていたこと、知っているわ。家族に馴染めなくて、悩んでいたことも」

アーシャだって母や弟のように、完全に目を背けて生きることができたはずだ。なにも考えず、疑わず、ただ父の言葉に従っていた方が、はるかに楽だったはずだ。

それでもアーシャは、家族の外にいる私を見ていた。目を逸らせなかった。

「人形なんかじゃないわ。心があるから、ずっと苦しんでいたのよ」

手を差し伸べてくれなくてもいい。助けてもらえなくてもいい。

ただ、誰にも顧《かえり》みられない私に、アーシャだけが振り向いてくれていた。私に気が付いて、私を見て、私のために悩んでくれていた。

それだけで、私にとっては意味があった。そのことが、私にあの家で生きる価値を与えてくれた。

アーシャの存在は、あの暗い日々の中で、ずっと私の光だった。

「アーシャ」

くすりと笑うと、私はアーシャに顔を向けた。そうして口にするのは、心からの言葉だ。

「アーシャが私を思ってくれたから、私はあの家で生きていけたのよ」

「お姉さま……」

アーシャは驚いたように目を見開く。宝石のような緑の瞳が私を映し、小さく揺れ——

それから彼女は、くしゃりと泣きそうな笑みを浮かべた。

「ありがとう、お姉さま。お姉さまがそう言ってくださるから、きっとわたしは、人形になりきらずにいられたんだわ」

アーシャは私と真逆のことを言う。

それが妙におかしくて、私とアーシャは顔を見合わせて笑った。

少しの間笑って、笑って――その笑い声が途切れた頃。静けさの戻った東屋《あずまや》で、アーシャはまた、悩むように空を見上げた。

新月に向かう細い月を見つめ、ゆっくりと瞬《まばた》きをしながら、彼女は静かに言葉を告げる。

「……ねえ、お姉さま。聞いてくださる？」

硬い声には、はっとするような響きがあった。どこか緊張した様子だけど、不安定さは感じられない。

空に向かう眼差しは真剣で――

「わたし、このお屋敷を出ようと思っているの」

月明かりに照らされた顔には、これまでにない決意が見えた。

「屋敷を……出る……？」

私は思わず、アーシャの言葉を繰り返した。

「伯爵家に……帰るってこと？」

アーシャの行き先は、他に考えられない。ヴォルフ様以外に頼る当てはないのだから、ここを出ていくなら、自動的に父の待つ伯爵家に戻ることになる。

――お父様と、顔を合わせられないって言ったのに……？

訝《いぶか》しむ私に、アーシャは慌てて首を振った。

「いえ、いえ、違うわ。伯爵家にも戻るつもりはないの」

「じゃあ、どこに――」

「どこにも」

私の言葉を途中で奪い、アーシャは少し照れくさそうに笑った。

「どこにも頼らない。あのね、お姉さま。わたし、もう少し元気になったら、魔術師として国に出仕しようと思うの」

「出仕……?」

「魔力持ちは希少だから働き口はたくさんあるし、わたしにできるのは魔法くらいだから。それに、一度魔力を使い切ったおかげで、前よりも扱い方がわかった気がするの」

「でも……」

真っ先に口をついて出かけたのは、否定の言葉だった。

でも、無理だ。――どうにか言葉を呑み込んでも、心の中ではたしかにそう思っていた。

だってアーシャはずっと貴族の令嬢として生きてきた。社交界でのマナーは知っていても、お金の稼ぎ方も一人での暮らし方も知らない。体力も腕力もない上、膨大な魔力のせいで体も弱く、今までだって頻繁に倒れてきた。

そんなアーシャが、誰かの庇護なしに生きていけるはずがない。

「……魔術師になるにしても、ここを出ていく必要はないんじゃないかしら。ヴォルフ様だって、アーシャを気にかけてくださっているし……」

「いいえ」

引き留めようとする私に、アーシャは首を横に振る。

「いつまでもお世話になれないわ。このお屋敷には、お姉さまの妹だから置いてもらえているだけだもの」

「アーシャ、そんなことは」

「そんなこと、あるわ。ここはお姉さまが、お姉さまご自身で見つけた居場所。わたしがここにいたら、またお姉さまに頼りきってしまって、なにも変われないわ」

はっきりとしたアーシャの声に、私ははっと息を呑んだ。

真摯《しんし》な目が私を捉え、覚悟を込めて見つめてくる。

「伯爵家に戻っても、そう。今のわたしのままでは、お父さまに会うことはできないわ。きっとこれまでのように、言いなりになってしまうもの」

アーシャはそう言いながら、また父の手紙に触れた。

だけど惜しむ様子はない。強い目の色をしている。

「お母さまたちに会えないのは辛いけど、まずは自立して、一人で生きられるようになってからでないと。そうなったら、わたし、この手紙を持って会いに行けると思うの」

彼女の姿に、ああ、と私は腑に落ちた。

昼間に見た、思い詰めたような顔。迷うような目。空を見上げるアーシャ。

「ねえ、お姉さま」

あれは――

「お父さまの言う通り。わたし、自分で判断したのよ」

この決断をしていたんだ。

私はアーシャの顔を見つめ返す。否定の言葉は、もう口にできない。

「……うん、アーシャ」

――ヴォルフ様の言う通りだわ。

私はもっとアーシャのことを信頼するべきだった。

アーシャはもう、幼い子どもじゃない。守られなければ生きられないと思い込んでいたのは私の方で、アーシャはちゃんと一人で歩いていけるのだ。

屋敷を出ていったあとのことは心配だけど、それもアーシャは覚悟の上なのだろう。

それなら――歩き出そうとする彼女の腕を、私が掴んで引き留めるわけにはいかなかった。

「アーシャの決めたこと、応援するわ。大変だろうけど——がんばって。上手くいくように祈っているから」

うん、とアーシャは笑ってみせる。

不安よりも期待の大きな、力強い笑顔だ。

「ありがとう。お姉さま」

アーシャの言葉を追うように、夜の風が一陣、私たちの間を吹き抜ける。

きっと、アーシャの進む道には困難があふれていることだろう。

だけどずっと、私は祈り続けよう。この風が——いつか、アーシャの追い風になるように。

吹き抜ける風を見送ってから、私は改めて父の手紙に視線を向けた。

私が握り潰した手紙を、アーシャが丁寧に伸ばしていたのだと思うと、申し訳なくなってしまう。

「——勝手にくしゃくしゃにしてごめんね」

テーブルに置かれた父の手紙に触れ、私はうなだれた。

「アーシャの気持ちも考えなくて……。早く自立できるようがんばってね。心配だけど、アーシャならきっと大丈夫だから」

「ええ、お姉さま」

罪悪感から手で皺《しわ》を伸ばす私に、アーシャは苦笑した。

それから私の顔を覗き見て――少しだけためらった様子で、口を開く。

「それよりも、……わたしはお姉さまの方が心配だわ」

「私?」

「……ええ。公爵さまのお姉さまへのご様子なら、大丈夫だと思いたいけれど」

そう言って、アーシャは自分の口元に手を当てる。

いかにも迷うように視線をさまよわせたあと、だけど彼女は、意を決したように口を開いた。

「お姉さま、公爵さまのお顔は見たことがあります?」

「ヴォルフ様の?」

「そう。仮面の下の、本当のお顔」

予想外の問いに、私は思わず瞬《また》いた。

――ヴォルフ様の仮面の下?

「……見たことないわ」

ヴォルフ様が私の前で仮面を外したのは、これまでで二度だけだ。

最初に会ったときと、アーシャの暴走を止めてくれたとき。だけどそのどちらも、ヴォルフ様は私に顔を見せようとはしなかった。

「それがどうかしたの？」

「見て……いらっしゃらないのね」

アーシャは神妙な顔で首を振る。その表情は重く、どこか怯《おび》えた様子だった。

「ヴォルフ様のお顔になにかあるの？」

思いがけない彼女の態度に、私は困惑する。

たしかに、魔族の正体は人ならざる異形《いぎょう》の存在といわれている。普段は魔法で見目麗《うるわ》しい人間に変身しているが、魔法を解けばおぞましい本当の姿が明らかになるという。

中には人型の魔族もいるらしいけど——そのほとんどは、古い文献の中にしか登場しない伝説的な存在だ。と、なると——

——……すごく怖いお顔をしているということ？

仮面越しの美貌は、実は変身した魔法の姿に過ぎず、本当はあの輪郭も、笑みを浮かべる口元も、細められた目の形も、すべて偽物なのだろうか。

——……だから、見せてくださらないの？

そう考えると、ヴォルフ様が隠したがるのはわからなくもない。

人の顔でなかったら、それはたしかに私も驚く。相当戸惑うとは思う。

——でも、驚くだけだわ。

慣れるまで時間はかかるかもしれないけど、相手がヴォルフ様だとわかっているなら、きっと大丈夫。どんなに人間離れしていても、恐ろしい姿だとしても、逃げ出したりはしないし——私の、ヴォルフ様への気持ちが変わることはない。その自信がある。

だから心配はいらないとアーシャに言おうとして、私はふと、口をつぐんだ。

——あれ？

視線の先、アーシャの背後に違和感がある。暗闇の中、なにかが揺れているような。

風で茂みが揺れているのだろうか？　でも、今は風なんて——

「——危ない!!」

せっかく皺《しわ》を伸ばしていた手紙を再び握り潰し、私は反射的に立ち上がった。

慌ててアーシャに手を伸ばす。彼女の背後、揺れているのは人の影だ。なにか棒切れのようなものを手にして——まっすぐ、アーシャに振り下ろそうとしている。

だけど、私の手はアーシャを掴めない。それよりも先に、別の影がランタンの載ったテーブルを蹴り上げた。ランタンが落ちて消え、周囲が暗闇に染まる中、なにかが倒れる音と、荒々しい足音が響き渡る。

――なに⁉ アーシャ！

突然のことに混乱しつつ、私はアーシャの様子を確かめようともう一度手を伸ばした。

直後、頭に強い衝撃が走る。目の前が白くなり、頭の奥が揺れた。

殴られたのだとわかったのは、足元の感覚が失せ、地面に崩れ落ちたときだ。

「おい！ 二人いるなんて聞いてないぞ！」

「騒ぐな！ 侵入したことに気付かれる！」

「早くしろ！ とにかく連れて帰れ‼」

頭の上から、知らない男たちの声が聞こえた。

倒れた私のすぐ近くを、苛立たしげな足音が何度も往復する。

「いくら待っても来ないと思ったが、こんなところにいやがったか！ なにが『化け物屋敷からおびき出す名案がある』だ、あの男！ 結局、手紙にかけた魔法頼りじゃねーか！」

「というか、どっちが『アーシャ』だ⁉ 特徴は聞いていないのか！」

「知らねーよ！ 泉に来た女をさらってこいって言われただけだぞ⁉」

――アーシャを……？

頭がずきずきと痛む。血が出ているのか、それとも汗が滲《にじ》んでいるのか、後頭部が濡れていた。

それでも、霞《かす》んだ視界の中で、私はどうにか男たちの姿を見上げる。

月明かりに照らされた男たちに、見覚えはなかった。だけど手紙と言うからには、父に関係しているのだろう。

――お父様、なにを。

いったい、どうしてこんなことを。

手紙でアーシャを呼び出して――なにをしようというのだろう。

「いいから、さっさと『アーシャ』を連れていくぞ！　ぐずぐずしている時間はねえ！

バレたら俺たちの方が終わりなんだ!!」

「だから、どっちが『アーシャ』なんだよ！　二人も連れていく余裕はねえんだぞ!?」

「――手紙！　そうだ、手紙を持っている方はどっちだ!?」

――手紙。

反射的に掴んだ父の手紙は――今、私が持っている。

思わず体が強張る。同時に、握りしめた手の中で、くしゃりと紙のこすれる音がした。

その瞬間、男たちの会話が消える。苛立たしげに往復していた足音も止み、静寂の満ちる闇の中。

男たちの目が、一斉に私を見下ろした。

「――こっちか」

静かな声は、まるで笑っているようだった。冷たくためらいのない目に、体が震える。

――殺される。

状況はわからなくとも、そのことだけは感じ取れた。

彼らには、人を傷付けることになんの迷いもない。いつか見た獣人たちと同じ目の色をしていた。

「だ、誰か、助けて……」

口から震える声が出る。怯《おび》える頭の中、思い浮かぶのは彼の姿だ。

「助けて、ヴォルフさ――」

「騒ぐな」

だけどその名前を呼ぶより早く、男の一人が私の襟首を掴んで持ち上げる。

自分と同じ高さまで引き上げ、顔を合わせると、その男は嗜虐《しぎゃく》的な笑みを浮かべ――

「眠っていろ」

私の腹を、思い切り蹴り上げた。

――あ。

痛みが頭を埋め尽くすのは、一瞬。すぐに、痛みごと意識が遠のいていく。

目の前が暗くなり、体の力が失せ――意識を手放す、その直前。

――ヴォルフ様。

私が思い浮かべたのは、本当に場違いなことだった。

――傷が治ったらって、約束したのに。

また、怪我を増やしてしまって、……ごめんなさい。

# 第四章　仮面の下に隠されたもの

メルヒランは歓喜していた。

まさか自分に――こんなチャンスが巡ってくるとは。

かつては名門といわれた魔術師の家系も、メルヒランが生まれた頃にはすっかり落ちぶれていた。優れた魔術師を大量に輩出し、国に重用されていた時代は遠い。今では一族の中で、魔力を持って生まれてくる子どもさえろくにいない有様だった。

メルヒランの持つ魔力も、魔術師としては並み以下だ。国に士官することもできず、詐欺師として放浪する他になかった。

そんな彼女が、かつて栄華を極めた時代の魔術師たちをも差し置いて、誰も得られなかった名誉を手にするなど、誰が想像しただろうか。

「本当に、本当に大丈夫なんだろうな⁉　貴様の言う通りにすれば、確実にあの化け物を殺せるんだろうな‼」

目の前で喚くリヴィエール伯爵に、メルヒランは悠然と笑んでみせる。

内心の興奮を隠し、堂々とふるまえることだけが、詐欺をしていく中で唯一身に付けられた特技だ。

「ええ。もちろんです。何度もお話ししましたでしょう？　私には魔族を従える力がある、と」

「しかしだな……！　相手はあのビスハイル公爵だぞ！　万が一の失敗があっては、私の身の方が危険だろう！」

「ですから、万が一がないように入念に話し合いをして、伯爵様も納得されたのでしょう？」

そこで一度言葉を切り、ふふ、とメルヒランは笑む。

これは詐欺の話術ではなく、思わずあふれた喜びのためだ。

「半魔が純血の魔族に敵《かな》う道理はない、と。生贄を用意して、高位の純血魔族を呼び寄せさえすれば、あなたの勝利は間違いありません」

――ふふふふふ。

内心、メルヒランは笑い声を上げ続けていた。

純血魔族の価値を、伯爵は真に理解していない。公爵を倒すためだけにしか使わないなんて、愚かすぎて笑ってしまう。

半魔の公爵でさえ、悪魔と恐れられる存在なのだ。それを上回る魔族を得るのは――国すら支配する力を持つことに等しい。

――魔族が従うのは、召喚した魔術師に対してのみ。

彼の望み通りにビスハイル公爵を倒すのは良い。だが、その先まで付き合う義理はない。

残虐非道な公爵を始末したあと、メルヒランは魔族の力でもって成り上がってみせる。

かつての偉大なる魔術師一族が、返り咲くときが来たのだ。

「だが、高位の魔族が呼べる保証はないだろう！　あの男の父親は、国一番の美姫から呼ばれたのだぞ！」

「……ええ、それは、そうですけれど」

伯爵の言葉が、メルヒランの喜びに水を差す。

たしかに伯爵の言葉通り。それだけが唯一の懸念事項だった。

「でも、私たちに協力してくれる方が、最高の美女をお探しのはずでしょう？」

「あの頭のおかしな男が、まともな女を探せると思うか!?　今までだってろくな女を連れてこなかったではないか！　もうあいつには金以外期待できん！」

「……ですが、こればかりは」

魔族好みの美女を探し出すことは、この計画の最大の問題だった。

生贄に相応しいのは、若く美しい生娘《きむすめ》。高位の魔族を求めるなら、育ちの良さや魔力量も重要だ。

当然、そんな娘が簡単に手に入るはずがない。育ちの良い令嬢など、いくら金を積んでも親は手放さず——必然、誘拐する他になかった。

——でも、それは私には関わりのないこと。

娘の誘拐については、伯爵と協力者の男が勝手にやっていることだ。国に知られれば処刑ものの犯罪に、メルヒランは加担するつもりなどなかった。

必死の伯爵と違って、メルヒランは命を狙われているわけでもない。魔族を得て公爵を倒せるなら理想だが、危険を冒《おか》してまで踏み込むのは詐欺師としても三流のすることだ。

魔族を呼び出すのに理想の娘がいるなら乗って、見つからなければ逃げるだけ。

いわばこれは、負けのない賭け事である。

「仕方ありませんでしょう？　伯爵様が見つけられるのでもない限り、あの方にお探しいただくしかありません」

「くそ！　他人事だと思って！　悠長にしている暇はないのだぞ!!　私が見つけるなど——」

苛立たしげに頭を掻いてから、伯爵はふとその手を止める。

なにかに気が付いたかのように彼は顔を上げ、メルヒランを見やった。

「若く、美しい生娘《きむすめ》……。美貌は国一番とは言いがたいが……魔力量であれば……」

ぶつぶつとつぶやく彼の声は低く、静かで——妙な気迫があった。

「……アーシャはどうだ？」

「……はい？」

伯爵の口にした名に、メルヒランは思わず聞き間違いかと問い返す。

アーシャというのは、伯爵が可愛がっていた実の娘の名ではないだろうか。

「アーシャ、そうだ。アーシャだ！」

だが、伯爵は再びその名を繰り返す。

名案に顔を火照らせ、喜色を浮かべる様子に、メルヒランはさすがにぞっとした。

「アーシャなら、あの男に勝てる魔族を呼び出せる！　はは！　これで私は生き残れるぞ！」

勝ち誇ったように笑う父親に、メルヒランは蔑《さげす》みの目を向けた。

命の危機に追い詰められているのだろうが——それにしても、恐ろしい父親もいたものだ。

――けれどそれも、私には関係のないこと。

内心で嫌悪しつつも、メルヒランは悠然と微笑む。

なにせ彼女には、伯爵やアーシャの生死など、まったく他人事なのだから。

当事者である伯爵だけが、声を張り上げて笑い続けていた。

「ざまあみろ、化け物どもめ！　生き残るのは私だ！　お前たちとは違うのだ！　ははははは!!」

◆
◆
◆

「なんて愚かなことを！　間違って別人をさらってくるなど、計画が台無しです!!」

「私が悪いのではない！　お前が手紙に細工なんぞするから、こんなことになったのだろう！」

「細工に頼らないといけない状況にしたのは、アーシャ様を呼び出せなかった伯爵様の責任ではないですか！　あれほど自信ありげに計画を立てておきながら！」

「うるさい！　失敗を致命的にしたのはお前の方だ!!」

頭上から聞こえる険悪な言い争いで、私は目を覚ました。あまりの騒がしさに重たいまぶたを持ち上げれば、私を挟んで声を張り上げる二人の男女の姿が見える。

——あれは、お父様と……

伯爵家で見かけた魔術師の……メルヒランさん、だろうか?

「こんな娘では、ろくなものを呼び出せません! 顔も並み! 体も細くて貧相で、魔力も持っていないではないですか!」

「だが、今さら代わりなど用意できないだろう!? お前のせいで! 公爵邸に侵入したことが知られるのは時間の問題なのだから! お前のせいで!!」

「私のせいですって!? 伯爵様がきちんとアーシャ様をおびき出せれば、こんなことにはならなかったのですよ!?」

——どうして、お父様とメルヒランさんが?

それ以前に、そもそもここはどこだろうか。

布の張られた天井が見えるあたり、どうやらテントの中のようだけど——

——いつの間に、こんなところに?

様子を確かめようと体を起こそうとした瞬間、頭と腹に痛みが走った。

その痛みで、だんだんと自分の身に起きたことを思い出す。

——そうだった、私、いきなり襲われて……

アーシャと話をしていたとき、見知らぬ男たちが現れて――腹を蹴られて意識を失ったのだ。

ならばあの男たちの手によって、ここに連れてこられたのだろうか。

「この計画は失敗です！　もう私は知りません！　もとより私は無関係ですので、伯爵様お一人でどうにかしてください！」

「うるさいうるさい！　今さら無関係なふりができると思うな!!」

取り乱した様子のメルヒランさんを、父はさらに大きな声で怒鳴り付ける。

その目は血走り、口元はかすかに笑っているように見えた。

「お前の方こそ、もう逃げられないのだぞ！　手紙を送ったのは誰だ!?　手紙に魔法を込めたのは!?　公爵がお前の存在に気付いていないわけがないだろう!!」

「それは……！」

「今に公爵はお前を追ってくるぞ！　助かりたければ、公爵が来る前にどうにかするのだな!!」

「く……こ、この……っ！」

父の言葉に言い返せず、メルヒランさんは唇を噛む。以前に伯爵家で見たときの悠然とした様子は見られない。彼女は顔を青ざめさせ、わかりやすいほどに怯《おび》えていた。

そんなメルヒランさんに、父は歪《ゆが》んだ笑みを向ける。

「今から新しい娘を用意することなどできん！　私たちはやるしかないのだ！　こいつで!!」

こいつで、と言って父が指さすのは、私だ。状況が理解できず、私は呆然と瞬《まばた》いた。

——どういうこと？

理解はできないけど、まずは起き上がらなければ。そう思って床に手を置いた——次の瞬間。

手の甲に、鋭い痛みが走る。

「——なんだ、これはまた貧相な娘じゃないか」

驚いて目をやれば、誰かが私の足を踏み付けていた。

踵を強く押し付けながら、その『誰か』は私の前にしゃがみ込む。痛みに呻《うめ》く私を気にも留めず、無遠慮に顎を掴んで顔を上げさせたのは、まったく見覚えのない、若い男の人だ。真っ黒な服を着て、真っ黒なローブを被り——小脇に、なぜか人形を一体抱えている。

彼はその人形の頭を撫でながら、嘲《あざけ》るように笑った。

「偉大なる純血魔族をお呼びするのに、こんな生贄では失礼だろうに」

聞き慣れない単語に、私は目を瞬《またた》かせた。今、なんと言った？

――……生贄？

「今まで何人も生贄に捧げてきたが、今回はことさら見劣りがする。赤毛なのも減点だ。やはり金髪でないとなあ、リサ」

リサ、と彼は愛しそうに人形に呼びかける。

その、まるで人間に接するかのような態度に、私は背筋が寒くなった。

「目が緑なのも良くない。青い瞳じゃないと。背はもっと高くないといけないし、そばかすが足りない。こんなどうしようもない娘で、本当に純血の魔族が来てくださるのか？」

私の顎をくいくいと動かしながら、彼は散々なことを言う。

だけど、腹を立てることもできない。彼の目に宿る狂気に、私は怒り以上の恐怖を覚えていた。

「今までの娘たちだって、結局何人潰しても呼び出せなかったんだ。召喚の途中で失敗して、残るのはねじ切られた死体ばかり」

淡々とした声音に、思わず「ひっ」と声が出る。

罪悪感の一切見えない表情が、ただただ恐ろしかった。

「今度こそ純血魔族を呼び出せる、と聞いたから君たちに協力したんだ。魔族のためなら金も人もいくらでも集めるが、その結果がこれとはな。がっかりだ」

――この人……魔族の信奉者だわ！

かつて魔族と戦争をしたことから、多くの人間にとって魔族は敵というイメージがある。

だけど、そんな人間の中でも少数、魔族に対して友好以上の感情を抱く集団がいた。人間を圧倒する力を持つ魔族こそ、世界の支配者だと崇拝する人々――それが魔族の信奉者だ。彼らは魔族を呼び出すために、いくつもの悪行に手を染める犯罪者集団として有名だった。

――どうしてお父様はこんな人と一緒に……？

「待て待て、ハインズ殿！　い、今さら貴殿の協力を失うわけにはいかない！　だいたい、まだ失敗したわけではないだろう！　呼び出してみないと結果はわからん‼」

未だ状況を理解できない私の上で、父が必死な様子で叫ぶ。

「美女でも生娘《きむすめ》でもなく、魔力も持たないが――可能性はある！　あの公爵を誑《たぶら》かしたのだ！　なにか、魔族にとっての魅力があるのかもしれない‼」

「お父様……？」

ぽつりとつぶやく言葉は、父の耳には届かない。彼は血走った目で声を張り上げた。

「アーシャをおびき出すのには失敗したが――私はあの公爵を殺すために、どうしても魔族を呼び出さねばならないのだ！　計画は変更しない！　アネッサを生贄に、召喚の儀式を続けるぞ!!」

自分の父の言葉が、私にはしばらく理解できなかった。理解したくもなかった。

――つまり。

父のあの手紙は、なにもかも嘘だったのだ。アーシャをおびき出すための方便で、謝罪するつもりもなければ、家族にもう一度会わせるつもりもない。

ただ、魔族への生贄とするためだけに、あんな手紙を書いたのだ――アーシャが、どれほど悩むか知っていて！

「なんてことを、お父様……！」

私は這《は》いつくばったまま父を睨み付けた。

感じていた恐怖も、今は怒りで忘れてしまう。

アーシャはこんな人のために、あんなに大切そうに手紙の皺《しわ》を伸ばしていたのだ。

「あなたには、人の心がないのですか……！　どうしてこんなこと！」

「うるさい！　人の心がないのはお前の方だろうが！　最後の最後まで私の邪魔をしおって！」

私の言葉を拒むように、父は威圧的な声を張り上げた。

「私は命がかかっているんだぞ!? 心よりも命の方が大事だろうが！ アーシャがいれば、私は助かったんだ!!」

「命など、誰に狙われていると言うんですか！」

「公爵だ！ あの化け物に決まっているだろう！ あいつが、今度は私を狙っているんだ!!」

――化け物。

その一言に、頭の中がカッとなる。

ヴォルフ様は、たしかに世間では化け物と呼ばれ続けてきた。残虐非道だとか、冷血公爵だとか、悪魔だとか、散々な噂ばかり流されてきた。

――でも、お父様に『化け物』と言われる筋合いはないわ！

父はあの公爵邸で、ヴォルフ様がどれほど親切にしてくれたか知っているはずだ。わがままな父の要求に付き合い、信じられないくらいに手厚くもてなしてくれた。屋敷を破壊し、それこそ処刑されても仕方のないことをして逃げたのに――捕まえもせず、賠償も求めずにいてくれるのに！

「ヴォルフ様は化け物なんかじゃないわ！ 親切で優しい人よ！ お父様よりも、ずっと!!」

「アネッサ……!」

「お父様の命なんて狙っていません! ヴォルフ様は無闇に誰かを傷付けるような方じゃない! 侮辱しないで!!」

怒りの声がテント内に響き渡る。

私の剣幕に、父は一瞬だけ呆気に取られたようだ。目を見開き、驚いたように私を見て——それからすぐに、「ハッ」と鼻で息を吐いた。

「本気で言っているのか?」

私を見下ろす父の目には、嘲《あざけ》りの色がありありと浮かぶ。

あまりにも滑稽な話を聞いたとでも言うように、笑いを堪《こら》えて頬が痙攣《けいれん》していた。

「あの男が今までなにをしてきたか、お前は知らないのか」

「なにを……って」

「あの化け物が」

父は私に歩み寄る。

人形遊びをしていたハインズさんを押しのけ、私の前にしゃがみ込んで顔を寄せた。

「あの残虐な悪魔が……!」

父は息を吸う。目に宿る異様な気迫は、ハインズさんの狂気にも似ていた。

「これまでどれほどの人間を手にかけて！　どれほどの非道をしてきたか！　お前は、まだ気が付いていないのか!!」

そう言うと、父はついに耐えきれなくなったように笑い出した。

――嘘。

残虐非道な冷血公爵だなんて、単なる噂話に過ぎない。

私はあの屋敷で暮らして、彼のことをずっと見てきたのだ。

ヴォルフ様は非道でも、冷血でもない。

情熱的で、少し手が早すぎで、声を上げて笑って、悩んだり、迷ったり、怒ったりもする。

たしかに怒ると怖いけれど、話を聞いて、考えて――最後には、いつも私を許してくれた。

何度も、私を助けてくれる、本当は優しい人だ。

「公爵を殺すと言ったら、協力したがる人間は山ほどいたぞ。皆、喜んで金を差し出した」

私の顔を見つめながら、父はねっとりとした笑みを浮かべた。

「無理もない。罪もない子や恋人を無理矢理奪われ、無残な死体に変えられてはな。いったい、どれほどの人間があの森の中で消えたと思っている」

「嘘をつかないで……！」

私は不快感に首を振る。父に、これ以上ヴォルフ様のことを口にしてほしくなかった。

「そんなの、ただの噂だわ！　本当のヴォルフ様はそんな人じゃないもの！」

父の言葉は偽りだらけだ。ヴォルフ様がそんな人ではないことを、私はよく知っている。

噂話は全部嘘。被害者なんているはずがない！

「ヴォルフ様を殺すなんて、なにを考えているの⁉　そんなことが許されるはずがないわ！」

「いいや、これは皆が望んでいることだ。あの悪魔を退治しなければならない、と。なにせ公爵の非道は、嘘でも噂話でもないのだからな」

父は笑い続けている。私の目には、父の方がよほど非道な悪魔に見えた。

「実際に、公爵に拷問されて逃げ出してきた娘もいるのだ。どいつもこいつも、頭がおかしくなっていたらしい。全身を傷付けられ、魔力漬けにされた挙句に凌辱《りょうじょく》までされていたのだから無理もない。正気など保ってはいられんだろう！」

「嘘！　嘘だわ！」

「いいや、事実だ！　いい加減真実に目を向けるんだな！　あの公爵は心なんぞ持ってはいない！　平気で人を嬲《なぶ》り殺す化け物なのだということに‼」

「真実なはずがないわ！　お父様、よくもそんな根も葉もないことを!!」

「まだ目が覚めないのか!!　ここまで愚かだと、いっそ哀れになってくるわ!!」

ははは、と父はひときわ大きな笑い声を上げた。

腹でも抱えかねないほどの声量でひとしきり笑い、息が切れたところで、彼は私に向けてペッと唾を吐く。

「だったら、最後まで化け物を信じているのだな！　いずれ私が正しかったことに気付いたときには、もう手遅れだぞ!!」

そう吐き捨てると、父はおもむろに立ち上がった。

それから、いっそ憐れんでさえいるような表情で、頭を一つ振る。

「……いや、もう気付くこともないのか」

その声は、先ほどまでと打って変わって静かだった。

「これからお前は、魔族の生贄になるのだから」

父のその言葉を合図に、テント内では儀式の準備が始まった。

私は両手足を縛り上げられ、テントの中心に転がされる。

転がされた地面には、魔法陣らしき円形の模様が描かれていた。おそらく、この魔法陣で魔族を呼び出すつもりなのだろう。

父はテントの端、魔法陣の外にいる。ハインズさんも同じ場所にいて、相変わらず人形に話しかけていた。

慌ただしくテントを出入りするのは、武装した何人もの男の人たちだ。リヴィエール家の使用人もいれば、まったく見覚えのない人もいる。出入りする人数から考えるに、結構な大所帯らしい。

こんなに多くの人たちが、ヴォルフ様を襲おうとしているのだ。そう考えてぞっとする。

いくらヴォルフ様が強い魔力を持っていても、これだけの人数を相手にただでは済まないだろう。屋敷の使用人たちだって、このままでは危機に晒《さら》されてしまう。

——ヴォルフ様を……公爵家のお屋敷を、お父様から守らないと……！

どうにかしないと、と身じろぎするが、縛られた体はピクリとも動かない。

焦燥感を抱きながらも、なにかできることはないかと私は周囲を見回した。

——せめて、魔族の召喚だけでも食い止められれば……！

だけど父に言葉は通じない。ハインズさんはずっと人形遊びに夢中だ。

それなら、メルヒランさんは——

「ああもう、なんてこと、どうして、どうしてこんなことに……！」

彼女は私の傍で、せわしなく立ち働いていた。

魔術師らしく魔法陣に手を入れたり、香を焚《た》いたりと忙しそうにしたあと、私の前で膝をつく。

「どうして私がこんな危ない橋を渡らないといけないのですか。ああ、少しでも誤魔化して、いい魔族を呼ばないと。いくら半魔とはいえ、相手はあの公爵なのですから」

そう言いながら、彼女は私の顔を布で拭った。

ひとしきり顔の汚れを落とすと、今度は髪を梳《す》き、化粧を直していく。

「メルヒランさん……」

「黙って！　ああもう、本当なら今頃最強の力を得たはずだったのに。迅速に儀式を行うために、なんて森に残ったのは失敗でした。せめて町まで戻れば――ああでも、それだと公爵に勘付かれて、召喚するよりも先に殺されてしまいます」

森に残った――と言うと、ここはまだ公爵邸のある森の中なのだろうか。

テントの中からだと、外の様子はわからない。

ときおり開く入り口から、夜明け前らしい暗い空が見えるだけだ。

「失敗すれば命はありません。ああ、確実に仕留めないと。相手はただでさえ、残虐非道で有名なビスハイル公爵なのですから。先に殺さないと、こちらが殺されてしまうというのに……！」

メルヒランさんの様子は、父ともハインズさんとも異《こと》なる。

きっと彼女は、今回の件に積極的に関わっているわけではないのだろう。

それなら――彼女なら、もしかして説得できるかもしれない。

「……メルヒランさん、ヴォルフ様は無闇に誰かを殺すような人ではありません」

私は首をよじり、期待を込めてメルヒランさんを見上げた。

「残虐非道なのは、噂だけです。怖くないとは言いませんけど……本当は、優しい人なんです。ずっと一緒にいた私が知っています！」

彼女の目には、まだ理性の色がある。ほとんど祈るように、私は声を強めて訴えた。

「ヴォルフ様なら、話せばわかってくれます！　だから――」

「そんなわけないでしょう!!」

私の言葉を遮って、メルヒランさんは神経質そうな金切り声を上げた。

目に浮かんでいたはずの理性の色は、今は恐怖に上塗りされている。

「魔族が優しいなんてあり得ない！　残虐性はやつらの本性よ！　他人を虐《しいた》げて、虐《しいた》げて、虐《しいた》げなければ生きられない化け物なの!!　そうでなければ、召喚に生贄なんて用意するものですか!!」

もはや普段の丁寧な言葉遣いさえも忘れ、メルヒランさんは震える自身の体を抱いた。

「見逃すはずがないわ！　優しい魔族なんて、存在自体が矛盾しているもの！　血を見るのが食事みたいなものなのよ！　魔族に少しでも心があるなら、国中で魔族が召喚されているわよ!!」

「で、でも！」

たしかに、魔族というとメルヒランさんの言葉通りのイメージだ。かつて魔族と戦争をしていた頃の記録はいくらでも残っている。

魔族の非道さは私もわかっているつもりだ、けど！

「ヴォルフ様は、一度も誰かを虐《しいた》げてなんかいません！　あの方は、半分は人なんです！」

「半魔になっても性質は変わらないわ！　だから国から持て余されて、こんな森の奥に押し込められているんでしょうが!!」

「そんなこと……！」

「ああ、でも、一度も。厄介だわ、厄介だわ！　だってそれって、飢えているってことじゃない!!」

メルヒランさんには、もう私の言葉は聞こえていないようだ。

私に施《ほどこ》していた化粧の道具も放り出し、動揺したように自分の頬を手で押さえている。

「飢えた魔族が、獲物を逃すはずがないわ！　飢えた魔族が――獲物をただ殺すだけのはずがないわ！　ああ、なんてこと！　逃げられない、逃げられない、逃げられない、ああもう――」

長い髪を振り乱し、彼女は金切り声を上げた。

そのまま恐怖をすべて吐き出すように、ひとしきり叫んでから――

「もう――やるしかありません」

覚悟を決めたように、顔を上げた。

「悠長にしている時間はありません。ええ、今から！　召喚の儀式をはじめます！」

その言葉に、テントの中の空気が変わる。

彼女は魔法陣の外へ出ると、背筋を伸ばして召喚の呪文を唱え出した。

周囲を緊張感が満たしていく。テントを出入りする人はいなくなり、誰もが固唾《かたず》を呑んで儀式を見守っていた。

魔法陣の中にいるのは、私一人だけだ。救いを求めて声を上げるけれど、もはや誰も聞いてくれる人はいない。

父は憎々しげに私を睨み、ハインズさんは期待するように人形を抱く。メルヒランさんは呪文を唱え続け、武装した人々がテントの入り口を守っている。

――どうすれば……どうしよう、どうすれば……

私は地面に転がったまま、ひたすらに焦り続けていた。儀式から逃げる方法も、止める方法も思い浮かばない。

せめて縄だけでも解ければいいのに、どれほどもがいても抜けられない。

呪文の言葉が進むほどに、周囲の空気は変化していく。

魔法陣からあふれ出した魔力が、私でも感じられるほど濃く、テントの中に満ちていた。

――どうにかしないといけないのに……！

結局――私はなにもできなかった。


「――我を呼んだか。命知らずな人間どもめ」

メルヒランさんの魔法の声は止んでいた。代わりに誰かが椅子から転げ落ちる音と、父の悲鳴が響き渡る。

だけど私には、それを確認することができなかった。

今の私は――魔族に頭を鷲《わし》掴みにされ、持ち上げられているからだ。

つま先だけが地面に触れ、ほとんど宙吊りの状態で私はもがいていた。

「ずいぶんと粗末な生贄だが、いいだろう。久々の人間だ」

私を掴む指の間から、魔族の顔が覗く。

青黒く濁った肌に、白目のない虚《うつ》ろな目。醜悪な顔が歪《ゆが》み、牙を見せて笑っている。

魔族は私の視線に気が付くと、さらに愉快そうに笑みを深めた。

「いい声で鳴きそうだ」

逃げ出そうと頭を振るけど、まるで無意味だ。魔族の手は動かず、恐怖だけが膨らんでいく。

「実に活きが良い。こういう娘は、嬲《なぶ》りがいがある」

ひっ、と喉《のど》が引きつる。

魔族はその反応を楽しむように、もう一方の手を私に伸ばした。

そうして、怯《おび》える私の腕に触れ――指先で、私の皮膚ごと腕の縄を裂く。

「――いっ」

鋭い痛みに悲鳴が出る。

腕から血が流れ落ち、ぽたぽたと地面を濡らしているのがわかった。

「や、やだ！　やだ……！　離して……!!」

「脆《もろ》いな。力加減が難しい」

「た、助け……誰か……！」

誰か——ヴォルフ様。

反射的に思い浮かんだ姿に、私は唇を噛む。

——ヴォルフ様……ごめんなさい。

今まで何度も助けてもらってきたのに、私は最後まで迷惑をかけてしまった。

私が、私のせいで、ヴォルフ様に害をなす魔族を呼んでしまったのだ。

「さて」

魔族の太い指が、再び伸びてくる。

もがいてももがいても逃げられず、体が震えて、怖くて怖くて、声も出なかった。

「犯《おか》すか、刻むか、どちらにしようか。どちらもしようか」

——ヴォルフ様。

ごめんなさい。ごめんなさい。

もう結婚できなくなってしまう。ヴォルフ様に触れてもらえなくなってしまう。

あんなに待たせてしまったのに、結局最後までがっかりさせて、ごめんなさい。

恐怖を前にしても、私の頭を占めるのはヴォルフ様のことばかりだ。

怖くて優しい彼の記憶に、目から涙があふれ出す。

ヴォルフ様。ヴォルフ様。私があの優しい人を苦しめてしまうんだ。

それなのに、もう謝ることもできなくなってしまうんだ。

絶望感に、思わず目を閉じようとしたとき――

「――素晴らしい！」

一つの声が、テントの中に響いた。

「これが純血魔族！　ああ、なんと雄々しく、力強い!!」

魔族の視線が私から逸れる。

私を掴む手は離さないまま、魔族が見つめる先は――ハインズさんだ。

「ついにお姿を見ることができるとは！　私はなんと幸運なのだろう!!」

「は、ハインズ様、今中に入っては……！」

魔法陣の中に足を踏み入れたハインズさんを、メルヒランさんが慌てて制止した。

だけど彼には聞こえていないらしい。歓喜しながらこちらに近付いてくる。

「お待ちしておりました、魔族様！　ああ、これで、ついに、ついに！」

「邪魔だ」

魔族の指がハインズさんへと向かう。

駄目！　と叫ぶ私の声は、彼の耳には届かない。

うっとりとした様子で、彼は人形の頭を撫で続けていた。

「ついに、君の仇《かたき》を討てるんだ。リサ――」

――……えっ。

その声が聞こえた瞬間、ハインズさんの頭が、ぱあんと音を立てて弾けた。

◆ ◆ ◆

「――アネッサがさらわれた？」

夜明け前、まだ空が暗い時間。

よろめくアーシャからもたらされた報告に、ヴォルフは愕然《がくぜん》としていた。

「気を失っていたので、正確な時間はわかりませんが……きっと二、三時間前のことだと思います。いきなり、知らない男の人たちが現れて……！」

場所はヴォルフの私室だ。部屋の中にいるのはヴォルフとシメオン、それからアーシャと、彼女を見つけた見回りが一人。

アーシャはその見回りに支えられながら、ヴォルフに向けて紙切れを差し出す。

「この手紙――お父さまの手紙を追ってきたと、男の人たちは言っていました。魔法がかけられていたと――」

「なぜ」

アーシャの言葉を遮り、ヴォルフは咎《とが》めるように言った。

怪我を負い、泥に汚れたアーシャへの気遣いはない。

彼にあるのは、アーシャに対する苛立ちだけだった。

「なぜお前ではなく、アネッサがさらわれたんだ」

「……公爵さま」

アーシャは一瞬だけはっとして——それから、腑に落ちた顔で息を吐いた。

「やっぱり。知っていらっしゃったんですね、この手紙の魔法……！」

——やっぱり。

その言葉に、ヴォルフは奥歯を強く噛む。

アーシャの言う通り、ヴォルフは当然、手紙にかけられていた魔法を知っていた。

強すぎる魔力の残り香は、ただ手紙を送るだけなら不自然だ。

なにか細工がしてある。それがアーシャを捕らえるためのものだろうと、すぐに予想がついた。魔力を使い切ったアーシャが、そのことに気が付かないであろうことも。

だからこそ、ヴォルフは機嫌が良かったのだ。

アーシャの判断を信用したわけでは決してない。彼女の父の手によって、早晩姿を消すだろうと予期していたからこそ——魔法のことも告げず、屋敷の警備さえも甘くしていた。

このままいなくなれば、彼女は『アーシャは自分の意思で出ていった』と思うはずだ、と。

ヴォルフはアネッサ以外の人間なんてどうでも良かった。アーシャの生死も、その父親が企んでいることにも、一切興味がない。

ただアーシャが邪魔なだけだった。

——馬鹿なことを……。

人間らしい、実に姑息《こそく》な真似だった。そのことに、胸をかきむしりたくなるような嫌悪感を抱く。

普段のヴォルフなら、こんなことはしなかったはずだ。

アーシャが邪魔なだけなら、単純に彼女を始末した方がよほど簡単で、確実だった。

なのに、彼女に嫌われたくないと人間のように手を回して——結局がこの有様。

よりによって、一番大事なものを危機に晒《さら》したのだ。

——アネッサ。

かつて感じたことのない、壊れそうなほどの後悔が頭を満たしている。

失うのではないかという恐怖に、ヴォルフは怯《おび》えていた。

——こんな……

愚かだった。甘かった。まるで人間のように、滑稽だった。

こんなことになるのならば、いっそ——

「——シメオン」

あふれそうな感情を押し殺し、ヴォルフはシメオンを呼んだ。

「捜し出すまでどれくらいかかる」

ヴォルフの問いに、シメオンは少し考えるように目を伏せる。

それから、苦い顔で首を横に振った。

「アネッサ様がさらわれてから二時間と考えますと、まだ森の中でしょう。捜す範囲は限られていますが——この暗闇ですから。夜が明けない限りは厳しいかと」

「そうか」

短く言うと、彼はアーシャの差し出す手紙を奪った。

手の中で握りしめれば、まだ魔力の痕跡が感じられる。

「だったら——」

言いながら、ヴォルフは仮面に手をかけた。力んだ指が、ぱきりと仮面の端を割る。

アーシャが息を呑み、シメオンが瞬《またた》いている。だが、気にしている余裕はなかった。

二時間。この深い森の中だ。そう遠くまでは行けないだろう。

魔族は魔力に敏感だ。この手紙さえあれば、ヴォルフの本気の力があれば――不可能ではない。

「俺が捜す」

魔力の持ち主を見つけ出す。たとえ、人ならざる素顔を彼女に見せることになったとしても。

必ず。

◆　◆　◆

ぱあん、という破裂音がした。

直後に聞こえた父の悲鳴が、どこか遠く感じる。

首を失くしたハインズさんは、そのままぐらりと体を傾けて、魔法陣の中に倒れた。

倒れた拍子に、彼が大切そうに抱えていた人形が転がり落ち、血溜まりの中に沈む。

赤く染まっていく人形は、金色の髪に青い目をして――そばかすが、ある。

――思えば。

ハインズさんは、どうして父に協力したのだろう。

魔族を崇拝する信奉者だから？　父が魔族を呼ぼうとしているから？　強い純血の魔族を呼び出せそうだったから？

――それだけ？

「多少は暴れてくれなければつまらん」

そう言って、魔族は私の足の拘束を引き裂いた。

魔族の鉤爪《かぎづめ》が縄ごと私の肌も裂き、血が肌を伝って流れ落ちる。

痛みにますます頭が混乱し、私は夢中でもがいた。

「はな、離して……！　た、助けて……！」

助けて――ヴォルフ様。

そう言いたいのに、口にすることができない。頭の中を、嫌な想像がぐるぐると渦巻いている。

――あの人形はなに。……ハインズさんの言葉は、なに？

それどころじゃないのに、死にたくないのに――恐怖と同じだけ、疑惑が頭から離れない。

「ふん？　他の魔族の気配がするな。……これはこれは」

魔族は笑いながら、震える私に顔を寄せた。

人ならざる醜悪な顔に寒気がする。細められた、白目のない目に体が竦《すく》んだ。

「すでに誰かの獲物だったか。魔力が刻まれているな。なるほど、これはいい！」

満足げに言って、魔族は私の体を指で撫でる。

その手付きは丁寧で、おぞましく——ひどくいやらしい。

舐め回されるような感触に、私はぞっとした。

——気持ち悪い……！

気持ち悪いのに——奇妙に、心の奥をくすぐる。

指の先に、嫌だと思う意志さえも蕩《とろ》かすような熱がある。

——この感覚。

覚えがある。頭を呆けさせ、考えを鈍らせ、とろりと溶けていくような。

怖いのに、目が離せない、この感覚。

——ヴォルフ……様……

「粗末な生贄だと思ったが、とんだ拾いものだ！　まさか他の魔族の獲物を横取りできるとは！　ああ、これはただ痛め付けるだけでは面白くない！」

魔族の指が、せわしなく私の肌を撫で回す。ぞくぞくしてしまう自分に、私は首を振った。

「い、いや……！　やだ、やだ!!」

「壊れるまで犯《おか》して、快感に染め上げ、我なしで生きられぬ体にしてから、貴様の主人のもとへ返してやろう！」

「やめて！　離して!!　離し――ひぃんっ!?」

魔族の爪が私の皮膚を突き刺し、悲鳴とも嬌声とも言えない声が口から漏れる。

嫌だ、嫌だ、嫌だ、怖い怖い怖い!!

怖くて、気持ち悪くて、痛くて――なのに！

――どうして、気持ちがいいの!?

「たす、たすけ、誰か……！　誰か!!」

誰か――

一番に助けてほしい相手は、頭の中に浮かんでいるのに。

そばかすの人形。純血魔族を求めたハインズさん。父の協力者。魔族の本性。

頭の中でつながっていく。

――ヴォルフ様、ヴォルフ様、ヴォルフ様……！

声に出せないまま、私は内心で怯《おび》えたように同じ名前を繰り返した。

助けてほしい。私を見つけてほしい。手を差し伸べてほしい。

ヴォルフ様にもう一度、『大丈夫だ』と言って抱きしめてほしい。

だけど、口にすることはできなかった。

今の私と同じように、恐怖に怯《おび》えた誰かが――いたんだ。

「いい絶望の顔だ！」

私の顔を見て、魔族がひときわ大きな笑い声を上げる。

「もっと絶望しろ！　もっと苦痛に鳴け！　屈辱の中で、悦《よろこ》べ――」

私を撫でる手に力を込め、魔族が叫んだとき――

「――触れるな」

凍えるほどに冷たい声が、静かに響いた。

声と同時に、周囲は魔力の風に包み込まれる。テントは一瞬で吹き飛ばされ、嵐のような風に木々がなぎ倒された。あちこちから悲鳴が響き渡り、人々が逃げ惑う。

その場のすべてを支配するのは、圧倒的な威圧感だ。

目の前の魔族も怖かったけど、今となっては、もはや比較にもならない。

『彼』とは、あまりにも格が違いすぎた。

「だ、誰だ⁉」

先ほどまでの余裕めいた態度を嘘のように消して、魔族は慌てた様子で声の主を探した。滑稽なほどに動揺しながら辺りを見回し、目を凝《こ》らし――はっとしたように、空を見上げる。

その瞬間、魔族は硬直した。

魔族に頭を掴まれたまま、私も追うように視線を上に向け――息が止まった。

夜明け前、薄明の空の下。

魔力の風を身に纏《まと》い、凍るような威圧感をもって私たちを睥睨《へいげい》するのは、絶対的な王の姿だ。

青銀の髪が風にはためく。無情な瞳は、かすかに細められている。

顔を隠す仮面はない。

あらわになった素顔は、人と同じつくりでありながら、あまりに人間離れした美貌を持っていた。

――人型の、魔族。

アーシャがあれほど恐れていた理由が、今はよくわかる。

伝説の中にしか存在しないはずの、人型の魔族。顔を見れば、一目でわかるほどに有名な男。この世の恐怖の象徴で、残虐非道な悪の化身。

かつて、世界を破滅に追いやった――

「ま――」

空を見上げていた魔族が、悲鳴のような甲高い声を上げた。

慌てて私の体を放り出すと、魔族は震えながら、その場で平伏する。

そうして、声の限りに、彼の『父』の名を叫んだ。

「――魔王陛下!!」

私たちを見下ろすその人は、魔族の言葉に、酷薄そうに口の端を曲げてみせた。

――私は。

魔族に放り出され、ようやく自由になったのに、私は動くことができなかった。

魔法陣の上にへたり込み、空を見上げて震えながら、どうしてか泣きそうになる。

――もしかして、ずっと勘違いしていたのだろうか。

噂なんて全部嘘。彼は冷血でもないし、残虐でもない。本当は情熱的で、感情豊かで、いつだって私を助けてくれる。

私の大好きな、優しいヴォルフ様――なんて。

思い込んでいたのだろうか。

空に浮かぶ彼の容姿は、世界中に残されている魔王の肖像にそっくりだった。

違うのは目の色だけ。赤い瞳の魔王に対して、彼は王家の血筋である、深い藍色の瞳を持つ。

ただ、それだけだ。

――だから、顔を隠していたんだわ……

父と同じ顔を恐れる母への気遣い、ではない。

この顔を晒《さら》せば、騒ぎになるのは明らかだ。

仮面を付け、人目を避けたのはつまらない感傷などではなく――ひどく理性的で、合理的な理由。

――信じていたいのに……

父の言葉はすべて嘘。私はヴォルフ様のことを知っている。彼は無闇に誰かを傷付けたりしない。

そう思っていたいのに――もう、私の中で否定することはできない。

ヴォルフ様の噂は真実だった。

魔王と姿が似ているだけだと思おうとしても、それ以上に強く、肌で理解させられる。

彼は魔王の子。紛れもなく、残虐非道な冷血公爵なのだ、と。

「――アネッサ」

宙に浮き、全体を見下ろしていたヴォルフ様が、ふと気が付いたようにこちらに目を向けた。

人知を超えた美貌に、うっすらと笑みが浮く。

私を呼ぶ声に冷たさはない。いつもと変わらないヴォルフ様、なのに――

彼の視界に映った瞬間、私の体は動けなくなった。

「あ…………」

それ以上、声が出なかった。

体の震えが止まらない。腰が抜けて、足に力が入らない。息ができない。冷や汗が止まらない。

父が化け物と叫んだ理由が、理解できてしまう。

容姿だけではなく――もっとずっと、根本的なところから、彼と私は違う生き物なのだ。

このとき、私は心の底から、ヴォルフ様に恐怖していた。

◆◆◆

アネッサの無事を知り、ヴォルフはほっと息を吐いた。

魔法陣の中、三下魔族に触れられていたことは、はらわたが煮えくり返るほどに腹立たしいが——なによりもまずは、無事であればいい。

——生きている。

怜悧《れいり》な美貌が安堵に歪《ゆが》む。

他のなにを失っても、彼女さえあればヴォルフは構わなかった。

——傷付いてはいないだろうか。

濃い血の臭いの中に、かすかに彼女の香りが混ざっている。

血を流したのか。どこを傷付けられたのかは、座り込んだ彼女の様子からはわからない。

深い傷だろうか。四肢はすべて残っているだろうか。魔族に汚されてはいないだろうか。

いや、汚されているなら、それでもいい。

生きているなら、それでいい。

とにかく彼女を抱きしめて、『大丈夫だ』と安心させてやりたい。

「——アネッサ」

魔力を繰って地面に降りながら、ヴォルフは恋人の名前を呼んだ。

座り込んだまま視線が持ち上がり、緑の瞳がヴォルフを捉える。

その瞬間、ヴォルフは凍り付いた。

宙を浮く魔法は失せ、地面に足をついたが——恋人へ駆け寄ることができずに、彼は立ち尽くす。

——アネッサ？

何度もヴォルフを見つめた、愛しい緑の瞳に、今は明らかな恐怖が宿っている。

ヴォルフに向けられた顔は青ざめ、唇は震えていた。

おそるおそる一歩踏み出せば、彼女はびくりと体を強張らせる。逃げるように身を引く姿に、ヴォルフは理解した。

隣で平伏する魔族でもなく、地面に横たわる死体でもなく、止まない無数の悲鳴でもなく——

彼女は明確に、『ヴォルフ』に対して恐怖を抱いている。

——思えば。

彼女はいつでも、ヴォルフの機嫌に気付いてくれた。

ただでさえ表情の変化に乏《とぼ》しく、その上仮面で顔を隠しているにもかかわらず、雰囲気や声ですぐに察していた。

それだけ、彼女はヴォルフのことをよく見ていたのだ。

ヴォルフも同じだ。ずっと彼女を見ていたから、わかる。

彼女はもう、二度とヴォルフを『優しい』と言ってはくれないのだろう。

――所詮は半魔。

邪悪な魔族の血を受け継いだ存在だ。どれほど人間の真似をしたところで、人間にはなれない。

ヴォルフの本性は、いつだって残虐非道な冷血漢なのだ。

――……なんだ。

ヴォルフは彼女を見つめたまま、一つ息を吐く。

なぜだか、妙に気が楽だった。

緑の瞳に宿る恐怖に――彼の、化けの皮がはがれていく。

――結局こうなるのか。

心の奥底がざわりとする。不快なようでいて、不思議と心地良い。

彼女に相応しい人間の男でありたかった。

傷付けたくないと、優しくしたいと思っていた。

そんな悩みも葛藤も、今となってはずいぶんと馬鹿らしい。

――こんなことなら、いっそ。

彼女の傍には、平伏したままの魔族がいる。魔法陣の外側にいるのは、魔術師らしき女と、腰を抜かしたリヴィエール伯爵だ。

魔法陣から噴き出す魔界の空気に、ここで魔族の召喚が行われたのだろうと察せられた。

生贄にされたのは彼女で、生贄にしたのはあの魔術師と、父である伯爵だ。

彼女の血の香りは、魔族が生贄を虐《しいた》げていたからだ。

許せない、腹が立つ――そんな人間みたいな感情は、今のヴォルフには浮かばない。

羨《うらや》ましい――頭に浮かぶのはそれだけだ。

――いっそ。

ヴォルフはゆっくりと歩き出す。

今の彼を、誰も止めることはできない。衆目の中で、彼は悠然と進み、足を止め――

血に飢えた手が迷わず掴んだのは、魔術師でも、魔族でも、伯爵でもない。

――さっさと、こうしておけば良かったんだ。

「アネッサ。――だから言っただろう?」

可愛い愛しい恋人の体に手をかけ、ヴォルフは甘く囁《ささや》いた。

人ならざる美貌に、蕩《とろ》けるほど邪悪な笑みが浮かぶ。

「いずれ君は、俺に好かれたことを後悔する――と」

◆　◆　◆

今のビスハイル公爵は隙だらけだった。

生贄の娘に夢中で、周囲の様子にまったく目がいっていない。

──いける……！

一瞬の功名心が、メルヒランの判断を誤らせた。今なら逃げられるという、普段ならば確実に選択したであろう思考を、公爵の容姿が押しのける。

──魔王を倒せる！　この、私が!!

それは、一族の誰も叶えることのできなかった栄誉だ。

かつての勇者の仲間、魔術師ザイアスの子孫として、魔王に挑むことには特別な思いがある。

相手が本物の魔王ではないと理解していた。だけどこの顔であれば、息子であろうと大差ない。倒して首を持ち帰れば、人々は納得するはずだ。

──私が……!!

興奮と期待に身を震わせ、彼女は自身の召喚した魔族を見た。

魔王には到底及ばないが、予想よりははるかにマシな魔族だ。半魔相手なら、一瞬の隙を突いて仕留めることができるだろう。

今でこそ平伏している魔族も、メルヒランが命じれば公爵と戦わざるを得ない。魔族と召喚者の間には魔力の結び付きがあり、基本的に逆らうことは不可能なのだ。

それにそもそも、この魔族は公爵に生贄を横取りされている。

召喚された魔族は生贄に執着するもの。奪われれば取り返そうとするし、それでも得られなかった場合は、親兄弟など生贄に近しい人間で代替するのだと、メルヒランは知っていた。

――失敗はないわ！

いざというときのために、メルヒランは自身に分厚い防御魔法を張る。どれほど公爵の魔力が強かろうと、一族秘伝のこの魔法ならそう簡単に破ることはできないはずだ。

一撃は絶対に耐えられる。その間に魔族を犠牲にして逃げれば、命を失うこともない。

確実に仕留められる。駄目でも逃げる手段がある。

だから――彼女は魔族と結び付いた魔力に力を込め、叫んだ。

「――今よ！　殺しなさい！」

メルヒランの言葉に、魔族が重たげに起き上がる。

拒むような魔力の揺れを感じるが、メルヒランは断固として命じ続けた。

「私が主人よ！　やりなさい！　やれ!!」

ぐっと醜悪な顔を歪《ゆが》ませ、魔族が意を決したように公爵に襲いかかる。

公爵はそれでも、周囲の変化に目を向ける様子はない。怯《おび》える生贄を押し倒し、寒気がするほど魅惑的な表情で、なにかを告げている。

——やれる!!

自分こそが、あの世界で最も偉大な先祖に並び立てるのだ。

期待を込め、確信を込め、メルヒランはひときわ大きく声を上げた。

「殺せ!!　ころ——ひゅ……ひぇ？」

急に、声が出なくなった。どうしてか息苦しい。

なぜだろう、と彼女は周囲を見回した。

目に入るのは、拳を振り上げた魔族の下。メルヒランに向けて片手を突き出す公爵だ。手のひらを向け、中空を掴むように軽く握り——その瞬間、公爵の視線がメルヒランに向かう。

だけどそれは一瞬だ。

彼が拳をぐっと握りしめたときには、もう興味がなさそうに視線は逸れていたし——

メルヒランの体も、分厚く張った防御魔法ごと、彼の手に握り潰されたかのように、ぱちゅんと音を立てて弾けていた。

◆　◆　◆

「ひ、ひぃいいいいいいいい!!」

視界の端に、すぐ傍で爆《は》ぜた魔術師の血肉を浴び、叫び声を上げる伯爵が目に入った。怯《おび》えて腰を抜かし、這《は》うように逃げていくが、追う気にはなれない。

同じく、魔術師の支配を失った魔族が逃げていく。

生贄を失った魔族の行動は、想像に難《かた》くない。本来の生贄が得られない以上、次に狙うのはその親族だ。

ヴォルフの屋敷に住むアーシャは狙うまい。魔族は必然、父である伯爵に向かうことになる。

放っておけば、伯爵が彼女の身代わりとなり、魔族に虐《しいた》げられるだろう。そうとわかっていても、やはり彼は追いかけない。

視線はただ、愛しい娘の姿にだけ向かっている。

体を組み敷かれ、怯《おび》えながらこちらを見上げる緑の瞳にぞくりとした。

これからなにをされるのかわからず、不安に青ざめる恋人の姿に、今までにない充足感が湧く。

——ああ、そう。そうか。

血まみれの彼女の手首を掴み、自身の口元に寄せながら、ヴォルフはやっと理解する。

魔族の汚い魔力をはがし、代わりに自分の魔力を流し込みながら、流れ続ける血を舐め、肉を噛み、痛むように傷口を広げていく。

苦痛に顔をしかめながらも、同時にあふれる快感に、彼女は悲鳴のような声を上げた。

矛盾する感覚に混乱し、涙を溜める彼女に、ヴォルフは恍惚《こうこつ》とした息を漏らす。

傷付けたくないのは、どこまでいっても本心だ。

人間のように優しくしてやりたかった。平凡な彼女に似合う、平凡な男でいたかった。

だけど同時に、彼はずっと——

——傷付けたかった。誰よりも。

彼女を——アネッサだけを、虐《しいた》げたくて、苦しめたくてたまらなかった。誰よりも手ひどく痛め付け、凌辱《りょうじょく》し、嬲《なぶ》って嬲《なぶ》って嬲《なぶ》って、絶望を味わわせたかった。

考えてみれば当たり前のことだ。だって魔族は、それ以外に感情を知らないのだから。

愛を知らない魔族が誰かを愛せば、この感情の向かう先は決まっている。

魔族の唯一の欲望は、すべては愛しい一人のため。愛が深ければ深いほど、他にはなにもいらないし、残虐な欲も大きくなるのだ。

——どうりで。

ヴォルフは嘆息する。己《おのれ》の中の相反する感情を、今は素直に理解した。

——魔族が心を持たないわけだ。

自嘲気味に笑うと、彼は一つ首を振った。

つまらない思考よりも、今は目の前の小娘がなにより重要だ。

「——アネッサ」

愛を込めて、ヴォルフは恋人の名前を呼ぶ。

肌に触れては傷を残し、流し込む魔力で意識さえも自分に染め上げながら。

「いい顔だ。——ああ、ようやく気が付いたんだな、君も」

付けられる傷の一つ一つに、喘《あえ》ぐように呻《うめ》く恋人を見下ろして、ヴォルフは甘く凄惨に微笑んだ。

今から自分を蹂躙《じゅうりん》しようとする男が何者なのか、彼女はやっと理解したらしい。

濃く満ちる血の香りと、目の端に浮かぶ涙に、魔族としての彼が満たされていく。

「俺に人間らしい感情はないと、最初に忠告しただろうに」

寝間着のような薄い服の上から、ヴォルフは彼女の体をなぞる。

首筋から胸元まで指の先で撫で、腹部に来たところで、彼は手を止めた。

これからなにをするのか思い知らせるように、ぐっと手のひらに力を込めれば、彼女は息苦しそうに顔をしかめる。

優しくするつもりは毛頭ない。

彼女は苦しんで苦しんで苦しみながら、屈辱的に犯《おか》されるだけだ。優しい恋人だと思っていた男の手で、この世の地獄を体に刻まれるのだ。

楽しみで仕方がなかった。早くその瞬間を味わいたかった。

「俺が優しいなんてな。ずいぶんと長く勘違いしていられたものだ。――まったく」

言いながら、思わず笑ってしまう。

ヴォルフが優しさと真逆に位置する存在であることは、世間も彼自身も認めている。

なのに、ヴォルフを傍で見てきた彼女だけが、ずっと優しさを信じて疑わなかった。

相手がどれほど邪悪であるかも知らないまま、普通の人間のように信じて、恋して、笑いかけていた彼女の――なんと滑稽なことか。

頬を染め、照れてうつむき、迫られて焦り、恋する瞳をヴォルフに向けた。

そのことが、おかしくてたまらない。まったく、彼女はどこまでも――

「どこまでも、馬鹿な娘だ」

嘲《あざけ》るように言えば、緑の瞳がかすかに揺れる。

「……ヴォルフ、様」

何度も聞いた声で、彼女は小さく名を呼んだ。

傷付いたようにか細く、かすかな声に、嗜虐心《しぎゃくしん》ばかりがくすぐられる。

彼女を絶望に落とすのは、他の誰でもなく、ヴォルフ自身なのだ。

「思い知っただろう?」

体を撫でながら、ヴォルフは彼女へ顔を寄せる。

逃れようと首を振る彼女の顎を掴み、強引に固定して、彼は真正面から目を合わせた。

鼻先が触れるほどの距離で、彼女を壊れるほどの魔力に浸しながら――告げるのは、いつかと同じ言葉だ。

「俺が――怖いだろう?」

愛の告白でもするような、甘い甘い囁《ささや》きに、彼女の表情が歪《ゆが》む。

恐怖と、快感と、混乱にまみれた壊れそうな目が、ヴォルフの姿を見つめている。

ヴォルフは期待していた。

これでやっと――魔族として、本当に彼女を愛することができるのだ。

◆ ◆ ◆

――怖い。

怖くて怖くて、仕方がなかった。

血の臭いのする魔法陣の上で、ヴォルフ様に押し倒されたまま、私は震えていた。

ヴォルフ様は私にのしかかり、私の体を弄《もてあそ》ぶ。

私の腕を掴み、血を舐め、傷口を噛み広げる姿は、おぞましいほどに妖艶だった。

――やだ……！

魔力を感じられない私でも、彼が傷を舐めながら、じわじわと魔力を注ぎ込んでいるのがわかる。

思考がぼやけて、触れられる感触だけが鮮明になっていく。

鋭い痛みに思わずもがくが、彼は軽く体を押さえ付け、なんてことないように体を撫で続けた。

――痛い、痛い痛い！

与えられる痛みに、私は耐えきれず悲鳴を上げる。

「いや……痛い――ひ、ん……っ」

だけど出てくるのは、悲鳴ですらない。裏返ったような甲高い声に混乱する。

嫌なのに、痛いのに、そんなはずないのに。彼に触れられるたびに、ぞくりと体が疼《うず》いた。

そのことがなにより怖くて、わけがわからなくて、涙が滲《にじ》んだ。

――た、たすけ、誰か……！　誰か……!!

内心で叫ぶが、誰も助けられるはずがないことはわかりきっていた。

彼に敵《かな》う相手なんて、この世界には存在しないのだ。

それでも本能は、不可能と知りつつ逃げろと叫び続けている。

さもなければ、待ち受けるのは絶望だけだ、と。

死ねた方がマシと思えるほどの――おかしくなるほどの苦しみが与えられるのだ。

ヴォルフ様がかつて、他の人たちにしたように。

「やだ……」

怖い。怖くてたまらない――のに。

「――俺が怖いだろう？」

彼のその問いかけに、私は返事ができなかった。

強引に顔を合わせられ、目の前にはヴォルフ様の素顔がある。

彼の口元には笑みが浮かび、期待するかのように息が上がっていた。

「慣れない人間のふりは、もう終わりだ。いい加減、君の勘違いも解けただろう」

彼の顔は、鼻先が触れるほどに近い。

言葉を発するたびに熱のある吐息が顔を撫で、同時に意識がふわりと曖昧になっていく。

魔力に酔うというのはこういうことなんだと、おぼろげな頭が理解する。

「俺は人の心なんて持ち合わせてはいない。ずいぶん父親の血を濃く継いだらしいからな」

「ヴォルフ……様……」

意識が持っていかれそうで、私は必死に唇を噛む。一度流されれば、戻ってこられない気がした。

だけど、耐えていることを見透かしたように、ヴォルフ様が私の唇を撫でる。

指で噛みしめた歯をこじ開けて、彼はおかしそうに笑った。

「まだ抵抗する気か。意地っ張りだな」

「んん……！」

口の中をかき回され、喉《のど》の奥から声が漏れる。

彼は目を細めながら、指に私の唾液を絡め——その指を、彼自身がぺろりと舐めた。

ひどく卑猥な仕草で私の唾液を舐め取ってから、彼は首を傾げてみせる。

「身を任せた方が、少しは楽になるだろうに。それとも、ここまで来て、まだ俺が手を止めると期待しているのか？ ——さすがにそれは、愚かすぎる」

「ヴォルフ……さ、ま」

呆れたような、侮蔑するような声音に、私は首を横に振る。

ヴォルフ様は不愉快そうに顔をしかめ、冷たく私を見下ろした。

注ぎ込まれる魔力が増して、引きずり込まれてしまいそうだった。

ヴォルフ様の魔力は、心地良い誘惑だ。甘くて、優しくて、魅惑的で、二度と覚めない眠りに落ちるよう。それが地獄の始まりでも、囚われてしまいたくなる。

——いえ。

それでも私は、押さえ付けられた首を振って拒み続ける。

目の前にあるヴォルフ様の表情が、私を踏み留まらせる。

——流されたく、ない！

歯を食いしばって、両手を握って、怯《おび》えて逃げようとする弱い心をひっぱたいて——

「いったい君は、俺のなにを見ていたんだ。鈍いとは思っていたが、ここまで思い込めるのもたいしたものだ」

「い、え……」

「ああ、でも君は勘違いをするのが得意だったな。俺と会ってから、ずっと――」

「いえ………！」

私は強く、ヴォルフ様を睨み付けた。

ヴォルフ様のことが怖い。威圧感に負けそうになる。傷付けられて、痛くて、体が竦《すく》んでしまう。

だけど逃げるわけにはいかない。

だって――わかっていないのはヴォルフ様の方なのだ。

「勘違いじゃありません……！」

鈍いのはヴォルフ様だ。私が気付かなかったら、彼はきっと、このまま一生気付かない。

今だって彼は――自分の表情にすら気が付いていないのだから！

「ヴォルフ様は、ご自分で思っている以上に、人間らしい方です……！」

「……なにを言うかと思えば。君はどこまでも愚かな娘だ」

「いいえ！」

甘い魔力に溶けていきそうな意識を叱咤《しった》し、私は重い手を持ち上げる。

伸ばす先は、陶器よりも滑《なめ》らかな、美しい彼の素顔だ。

「だったら――」

私の指が、ずっと仮面に隠されていた、彼の目元に触れる。

不審そうに瞬《またた》く彼の目を見据え、私は声を振り絞った。

「どうして、そんな顔をしているんですか！」

私の指先に、熱を持ったしずくが触れる。

藍色の目は、まだ気が付いていないかのように瞬《まばた》いていた。

魔王とうり二つの、恐怖さえ抱かせるような、無情な美貌。

だけど今の彼の表情は、魔王には決して浮かべることができないものだ。

いつも涼しげな目元は歪《ゆが》んでいる。眉間には深い皺《しわ》。藍色の瞳は揺れ、頬を濡らし――

私を傷付けながら、彼はずっと泣いていた。

「…………なに、を」

私の言葉に、彼ははっとした様子で自分の顔に手を当てる。

「馬鹿な…………」

あふれる涙に触れ、彼自身信じられない様子でつぶやいた。

それからゆっくりと首を振り――彼は、怯《おび》えるように顔を隠す。

「見るな……！」

片手で目元を覆い、彼は私に跨《また》がったまま距離を取った。

「なぜだ……！　くそ！　くそくそ！　俺を……俺の顔を見るな……!!」

手の隙間から、未だに涙は流れ続けている。

ぱたぱたと頬を伝い落ち、私を濡らすその涙は、熱くて冷たい、人間だけのものだ。

――存在自体が矛盾した……

メルヒランさんの言葉を思い出す。

彼はたしかに、魔族の血を引く、魔王の子。残虐非道で、冷血で、だけど同時に――

――心を持つ、魔族。

魔族の本能も、人の心も、どちらもヴォルフ様のものなのだ。

「……ヴォルフ、様」

ヴォルフ様から注がれていた魔力が、今は弱まっているのがわかる。

それでも気を抜くと意識を持っていかれそうになるけど、ここで気を失いたくなかった。

重たい半身を起こし、私は顔を隠すヴォルフ様の袖を掴む。

そうしないと、どこかへ行ってしまうような気がしたのだ。

「ヴォルフ様……。魔族は、誰かを傷付けないといけないんですか……?」

彼を掴んだまま、私の口から出たのは、ぽつりとした問いだった。

ヴォルフ様は無言だ。私から逃れるように顔を背け、唇を噛む彼の感情はわからない。

「そうしないと、生きていけないんですか?」

食事のように、絶対に必要なものなのだろうか。そうでなければ、半魔の彼は生きていけないのだろうか。

だとしたら、その性質はあまりにも人と交わらない。

彼のせいで傷付き、苦しんで、泣いた人がいる。彼の犠牲になった人たちを、愛した人もいる。

邪悪というなら、まさしくその通りだと思う。

「私は……」

そう言ってから、私は一度だけ周囲に目を向ける。

私たちの周りには、もう誰もいない。父もメルヒランさんもいないし、魔族の姿もない。

あれだけ響き渡っていた男の人たちの悲鳴も、今は聞こえなくなっていた。

魔法陣の中に残されたのは、私とヴォルフ様と——ハインズさんの死体と、リサという名前の人形だけ。

――ハインズさん。リサ……さん。

彼らはきっと……かつて愛し合っていた恋人同士なのだ。

リサさんを失って、ハインズさんはどんな気持ちだっただろう。どれほど許せなかっただろう。

……私も、同じことをされたらきっと許せない。

誰かを好きになるという気持ちが、今はわかるから。

「……私は、ヴォルフ様がしたことを受け入れることはできません」

私は掠《かす》れた声で、だけどはっきりとそう告げる。

彼のしたことを知ってしまった以上、私には目をつぶって見なかったふりはできない。

「ヴォルフ様の手が、誰かを傷付けたことが許せません。今までしたことを悔いて、償《つぐな》ってほしいですし――これ以上、同じことをしてほしくありません」

償《つぐな》って許されることではないとわかっている。

それでも私はヴォルフ様に悔いてほしいし、もう誰かを傷付けるようなことをしてほしくない。

彼が憎まれて、恨まれるようなことをしてほしくない。

それでいて――

「でも」

同時に私は、矛盾した思いを抱いている。

「誰かを傷付けるのが、魔族の本能なら。食事のように、必ず必要なものなら」

それが、ヴォルフ様の生きるために必要なことなら。

「……私は、ヴォルフ様にも苦しんでほしくありません」

ヴォルフ様にとってその行為が絶対に必要なら、私はやめろとは言えない。

だってそれは、彼に死ねと言うのと同じことだ。

ヴォルフ様の欲求は、人間には馴染まない。たしかにそう。半魔である彼は、生きるために誰かを苦しめ続けてしまう。

きっと世の中の人たちにとって、彼は許されない存在で、紛れもない悪なのだ。

だけど、彼がどんなに悪だとしても、非道な魔王の子だとしても――私は、彼に心があることを知っている。他の人と同じように、悲しんだり喜んだりすることを知っている。

彼は、純血の魔族なら決して抱かない苦しみを抱いている。

――私は。

そんな、存在自体が矛盾した彼の力になりたい。

――ヴォルフ様のことが、好きだから。

「だから――」

ぐっとヴォルフ様の袖を引いて、強引に振り向かせ――

顔を見つめながら、私は覚悟を込めて告げる。

「ヴォルフ様の苦しみを、私が受けることはできませんか！　し、死なない程度に、私一人が――」

祈るように見上げる私を、振り向いたヴォルフ様は涙に濡れた目で見た。

瞳に浮かぶ驚きは、一瞬だ。瞬《まばた》きの間に消え失せる。

代わりに浮かぶのは――

「……ふざけるな」

憎悪にも似た怒りだった。

「舐めるな、小娘……！」

無情な声に身が竦《すく》む。射貫くような視線に声も出なくなる。

強張ったまま動けない私を、彼は底冷えのする目で睨み付けた。

「君が――お前ごときが、一人で俺を満足させられるとでも思ったか……！」

ひゅ、と喉《のど》から音が出る。

恐怖に体が動かない。身じろぎもできない私の手を、彼は不愉快そうに振り払った。

「気安く俺に触れるな」

声は冷たく、私を突き放すようだ。凍り付く私を一瞥《いちべつ》すると、もう興味を失ったらしい。彼は私から目を逸らし、ゆるりと立ち上がった。

「……もういい、失せろ。お前に用はない」

「ヴォルフ……様……？」

どうにか声を絞り出すが、彼は答えない。私を見もせずに、ただただ不快感を込めてこう告げる。

「二度と俺の前に現れるな」

短く、突き刺すような声だった。追い縋《すが》ろうという意思さえも挫《くじ》くような響きだ。

びくりと体を強張らせた私に背を向け、彼はそのまま振り返ることもなく歩き出す。

一歩一歩遠ざかる背から伝わるのは、明確な拒絶の意思だけだ。

――でも。

血が流れて痛む足を叩く。魔力に浸されて、気を失いそうな体に力を込める。

このまま黙っていれば、きっと平穏な生活が待っている――そんな思考も追い払う。

――知っているわ。

ヴォルフ様がいつも、私に逃げ道を作ってくれていること。

取り返しがつかなくなる前に、逃がそうとしてくれること。

本人が気付いていないとしても、私はそんなヴォルフ様のことを知っている。

だから、遠ざかっていく彼の背中を見据え、私は立ち上がる。

よろめく足で地面を踏み、痛む足で追いかけて――伸ばした手で、固く彼の手を握りしめた。

「――ヴォルフ様！」

引き留めるように強く手を引けば、束の間、彼の足も止まる。

「私は、だ、大丈夫ですから……！」

振り返らない背中に向けて、私は震える声でそう告げた。

「体は丈夫で、え、ええと、たしか魔力にも耐性があるんですよね？　だ、だったら魔法も耐えられるはずですし、多少の無理もできるはずです……！」

縋《すが》るように、握った手に力を込める。

こっちを見てほしいと願いながら、私は彼の背を見上げた。

「痛いのは苦手ですけど、が、我慢します！　それに……そ、そう！　魔力と同じように、溜め込まずに少しずつ発散できませんか⁉　毎日少しずつなら、きっと――」

「馬鹿なことを言うな！」

不意に返ってきた返事に、私の体がびくんと跳ねる。

ヴォルフ様は前を向いたままで、表情はわからない。だけど、声に含まれる苛立ちから、彼が怒っているのは明らかだ。

「そんな器用な真似ができると思うか？　餌を目の前にして、舐めるだけで満足しろと？」

ハッ、と鼻で笑ってから、彼は頭を一つ振る。

青銀の髪を揺らしながら、彼が吐き出す言葉は嘲《あざけ》りに満ちていた。

「俺はいつか、同じことをするぞ」

嘲笑めいた言葉は――きっと私ではなく、ヴォルフ様自身に向けられたものだ。

「次は止まらない。取り返しのつかないことをする。そのときに後悔しても手遅れだ」

「ヴォルフ様、でも！」

「飢えた獣のようなものだ。いつ理性が飛ぶかわからない。それでも傍にいられると思うか……！」

背を向けたままのヴォルフ様の肩が震えている。

声には怒気が滲《にじ》み、思わず後ずさりしそうになるほど凄みがある。

「お前は――」

だけど同時に――どこか不安げな、泣きそうな声にも思えた。

「俺が、怖くないのか！」

突き放すようなヴォルフ様を見上げ、私はぐっと唇を噛む。

怖いか怖くないかで聞かれたら、決まっている。どれほど心を偽っても、こう答える他にない。

「怖い、です……！」

私はヴォルフ様が怖い。

彼がどれほどの人を手にかけてきたかを考えると震える。

力の差に委縮して、傍にいれば無意識に怯《おび》えてしまうし、考え方の違いにぞっとすることもある。

「すごく、すごく怖いです！」

彼に傷付けられて、怖かった。痛くて苦しくて、涙も出なかった。

魔族よりも父よりも、誰よりもヴォルフ様が怖かった。

今だって、本当は怖くてたまらない。足が震えて、逃げ出してしまいたい。

このままヴォルフ様を呼び止めなかったら、離れていけるのなら、きっと私はこんな思いをしなくて済むのだろう。

「だったら……！」

苛立ったように、ヴォルフ様は私の手を払う。

だけど振りほどこうとする手を、私は離さない。

「怖い、けど！」

けど——私の答えは、ずっと変わっていない。

最初にその問いをされたときから、ずっと！

「怖くても、ヴォルフ様だから！　絶対にそんなことしないって信じられるから！」

怖いだけの人じゃないって知っているから。

だから、私は振り向かないヴォルフ様の背に叫ぶ。

もう一度、私を見てほしいから。

「怖くても——ヴォルフ様の傍にいたいんです!!」

◆
◆
◆

――くそ！　小娘！　小娘小娘小娘!!

彼女の馬鹿げた言葉に、はらわたが煮えくり返りそうだった。

少し前まで、自分がどんな目に遭《あ》っていたかわかっているのか。

それでもなお、ヴォルフの欲望を受けたいなどと言い張るのか。

――ふざけるな……!!

今だって、ヴォルフはすぐにでも彼女を犯《おか》して刻みたい。

彼女に手をかけ、肌を裂いて血を浴びて、思う様嬲《なぶ》りたい。

魔族としての甘く幸福な瞬間を期待して、体が疼《うず》いてたまらない。

今、目の奥からあふれる不可解なものだけが、彼を止めるすべてでしかないのに！

「どうして……！」

背後から握りしめられた手の感触に、ヴォルフは低く、唸《うな》るような声を上げた。

細くて小さくて頼りない、柔らかな手を振り払えない。

このまま離れないように祈りながら、早く逃げていくことを望んでいる。

――どうして、どうして、どうして！

頭の中を怒りにも似た感情が埋め尽くす。

彼女へ感じるのは、甘いだけの感情ではない。ヴォルフは誰よりも彼女が憎く、恨めしい。

――どうして、こんな感情を抱かせた!!

今しか機会はないのに、どうして逃げていかない。痛みに呻《うめ》いていたくせに、どうしてまだ追い縋《すが》る。どうしてこんなに惑わせる。

魔王の子で、魔族の思考を色濃く継いだ、残虐非道な彼を、どうして!

「どうして、俺を信じられる!!」

自分が信用ならないことを、ヴォルフ自身がよくわかっている。

なにより渇望するものを前に、どうやって理性を保ち続けられるというのだろう。

永遠に満たされない欲を抱えながら、耐え続けろと言っていることを、彼女はわかっていない。

「絶対にしないなんて、どうしてそんなことが言える! 俺がしてきたことを知っているくせに!」

吠えるようなヴォルフの声に、彼女の手がびくりと震える。

怯《おび》えているのだろう。怖いのだろう。逃げ出したいのだろう。

なのに――

「理由なんて……!」

彼女は手に力を込める。今までよりも、さらに強く。

「ありません！　ただ、ヴォルフ様のことが好きだから！」

手を振り払えない。耳を塞ぐこともできない。

彼女がどれほどの無茶を言っているかわかっていても、喘《あえ》ぐような必死な声を遮ることができない。

「私を好きでいてくれるヴォルフ様のことを、信じているんです!!」

――くそくそくそ!!

彼女の言葉は、魔族であるヴォルフよりもなお残酷だ。

苦しみ続けろと言いながら、逃げることも許さない。

人のふりもさせず、見栄もはぎ取って、それでもなお、向き合わせようとする。

――くそ…………っ!!

どれほど心で拒絶を叫んでも、もう不可能だ。

ヴォルフは紛れもなく半魔だった。

人の心があり――彼女を知ってしまった。

平凡で、ありふれた、どこにでもいるような娘の価値を。

「ヴォルフさ――」

彼女の言葉は途中で消える。

代わりに聞こえるのは、息苦しそうな呻《うめ》き声だ。

泣きそうな顔が見えたのは一瞬。あとはもう、彼女の体はヴォルフの腕の中にある。

「馬鹿な……小娘……！」

甘い血の香りに誘惑され、体が疼《うず》く。

噛み付いて引き裂きたい気持ちを抱えながら、ヴォルフは縋《すが》るように彼女の体を抱きしめた。

「俺なんかを信じて……後悔するぞ……！」

「……いいえ」

腕の中で、彼女が身じろぎをする。

そろそろと手を伸ばしながら告げるのは、まるで根拠のない言葉だ。

「後悔しません。ヴォルフ様なら、大丈夫です」

細い腕が遠慮がちにヴォルフの背に回される。

欲望を抱く化け物の胸の中。疑うことなく体を預け、彼女はもう一度繰り返す。

「ヴォルフ様だから、大丈夫です」

彼女の言葉には、なんの理屈もない。

説得力はなく、筋道もなく、納得できる要素などどこにもない。

ただ、彼女の声にこもる信頼だけが、ヴォルフの耳に響く。

「………アネッサ」

思わず口にしたのは、腕の中の娘の名前だ。

震える声は、自分のものとは思えないほど弱々しく、切実だった。

顔を上げれば、アネッサの肩越しにぼやけた景色が見える。

目の奥は熱く、胸の奥は奇妙に静かだった。

――傷付けたい。

たしかに彼は、そう思っている。

――傷付けたくない。

同じだけ、大切にしたいとも思っている。

アネッサが信じている自分でありたいと願っている。

矛盾した葛藤が消えることはない。

きっとこの先も永遠に満たされることのないまま、彼は生きていかなければならないのだろう。

「君が好きだ」

それでも、この信頼を手放せない。腕の中のアネッサは温かく、柔らかく、なにより愛おしい。

純血の魔族なら、この苦しみは知らなかった。

だけど彼らは、苦しみと同時に抱く喜びも知ることはない。

苦痛を呑んでも、手放せないほど愛しいものなど、得ることはできない。

「君が好きだ、アネッサ。離さない、決して。決して君を――傷付けるものか……！」

いつの間にか、夜は明けていた。

東から差す太陽に、ヴォルフは顔をしかめる。

朝日を受けた森の木々は、アネッサの瞳にも似た、澄んだ緑色をしていた。

# エピローグ　化け物屋敷は今日も騒がしい

きっと、気が抜けてしまったのだろう。

あのあと、私はヴォルフ様の腕の中で意識を失い、気が付いたら屋敷のベッドの上にいた。

屋敷の人たちには相当心配されていたようで、目が覚めてからの騒ぎは、それはもう大変なものだった。

かわるがわる人が来るし、差し入れとして甘いものをどんどん渡されるし、ヴォルフ様はずっと傍を離れず、着替えのときまで部屋に居座ろうとするしで、医者の先生が怒って全員追い出すまで、落ち着く間もなかった。

だけど、そんな騒ぎも数日が過ぎ――

落ち着きを取り戻しはじめた今日。私は部屋を抜け出して、屋敷の庭を一人で歩いていた。

時間は正午を少し過ぎた頃。午後の庭は静かで、穏やかだ。

顔を上げると、上天気の青空が見える。森からは澄んだ風が流れ、庭の木々を揺らしていた。

絶対安静を言い付けられ、ベッドからしばらく動けなかった体に、外の空気が染み渡る。

心地良さに、思わず伸びをしたとき——

「お姉さま」

背後から、馴染みのある声がした。

振り返れば予想通り、驚いた顔で駆け寄ってくるアーシャの姿がある。

「お姉さま、もう外を歩いて平気なの？」

「アーシャ。ええ。もうすっかり」

心配そうなアーシャに向け、私は笑いながら答えた。

まあ本当は、まだ手足は痛むし、医者にも部屋で安静にするよう言われているのだけど。

——少し散歩するだけだから。

医者がいないうちに、ちょっと外の空気を吸って帰るだけだ。見つからなければ大丈夫。

……という不届きな考えは口には出さず、私はアーシャに問い返す。

「アーシャこそ、怪我は大丈夫なの？」

私がさらわれたとき、アーシャも同じように殴られて気絶させられたのだ。

見たところ元気そうだけど、と訝《いぶか》しむ私に、アーシャは苦笑する。

「平気よ、お姉さま。そんなに心配しないで。体も元気だし、最近は魔力も戻りはじめて——今は、扱い方を教えてもらったりしているのよ」

「へえ……」

「このお屋敷は魔力の扱いに長《た》けた方が多くて勉強になるわ。いろいろ知ることができて、楽しいの」

明るく笑うアーシャの姿に、私は少しの間、目を瞬《またた》かせた。

病弱だった細くて白い体は、今でもまだまだ細いけど、前よりも少しふっくらしているように見える。

太陽の光を受けてきらめく金の髪は、いつかの誕生日パーティで見たときよりも眩しい。

瞳に物憂げな色はなく、宝石よりもなお鮮やかにきらめいている。

弱々しく、思わず守ってあげたくなるような愛らしさではなく——溌剌《はつらつ》とした年頃らしい可愛らしさに、私は目を細めた。

「良かった、アーシャがそんな風に思えて」

「お姉さまがいてくれたからだわ。……まだまだ、不安もあるけどね。この先の生活のことか、お父さまが今も行方知れずということとか、――それに、お姉さまのことも」

「……私？」

なにか心配されることがあっただろうか。首を傾げる私に、アーシャは少しだけ声を潜《ひそ》める。

「公爵さまの本当のお顔、もうご存じでしょう？」

ヴォルフ様――と聞いて、私は思わずぎくりとする。

本当の顔うんぬんはさておいて、思い返すのはここ最近のヴォルフ様のことだ。

屋敷に戻ってきてからのヴォルフ様は、それはもう――それはもう！

……実に、接触が過剰なのである。

一緒にいると当たり前のように手を握るし、腰に手を回して抱き寄せるし、隙あらばどこにでもキスしようとしてくる。おまけに彼は、人前でもまったく気にしてくれなかった。

――これじゃあ身が持たないわ……！　い、いえ、嫌ってわけじゃないけど、せめて人目をはばかってもらわないと……！

二人のときでさえ恥ずかしいのに、人前だと心臓が止まりかねない。むしろヴォルフ様は、どうして人前でもあんな平気な顔をしていられるの!?

……という理由もあって、一人で外に出ていたのだ。

そんなまったく関係ないことを考えてしまっている私に、アーシャは返事も聞かずに首を振る。

「そのご様子なら大丈夫そうね。余計な心配だったわ。ごめんなさい」

――ど、どんなご様子だったのかしら……？

思わずぺたりと頬に触れるが、自分で自分が今どんな顔をしているかわからない。

「それじゃあ、わたしは用があるから、この辺で。さっき言った魔力の扱い方を教えてもらいに行くの」

会話が切れたところで、アーシャはそう言った。

「引き留めてしまってごめんなさい。お姉さまもあまり無理をなさらないで」

うん、と答える私に、アーシャは手を振って去っていく。

足取りの軽い彼女の背中を見送ってから、また当てもなく歩き出そうとしたとき。

「にゃー！」

と、今度は別の耳慣れた声が聞こえてくる。

「アネッサ様！　まーたお一人で歩き回って！　部屋にいないからどーしたのかと思ったら!!」

そう言いながら大股でこちらに歩み寄ってくるのは、黒い猫の耳を持つ少女——耳をピンと張り、尻尾の毛を逆立てた、どこからどう見てもお怒りのロロだ。

「安静中だったんじゃにゃいんですか！　お怪我に障りますよ！」

「ごめんなさい……」

「そうおっしゃいますけど、これで二度目ですよ！　やっと前の傷がきれいになってきたところだったのに、これじゃ治るものも治りません‼」

「ご、ごめんなさーい！」

言い訳の余地が少しもなく、私は頭を下げるより他にない。

だけどロロの機嫌は直らず、今にも「シャー！」と威嚇《いかく》しそうな顔を私に向けた。

「だいたい、アネッサ様は自覚がなさすぎです！　大怪我で血も足りてなくて、おまけに魔力漬けだったんですよ！　今だって、まだ魔力が抜けきっていないのに、ふらふら外を出歩くなんて！」

——うう……正論すぎる……。

意識を失っていたから記憶にないのだけど、戻ってきたときの私は実のところ、けっこう大変な状況だったらしい。怪我はもちろんのこと、それ以上に、ヴォルフ様に注ぎ込まれた魔力の方が重症で、私に魔力の耐性がなかったら廃人になっていた可能性もあるのだとか。

医者とシメオンさんに魔力を中和してもらい、どうにか廃人を免《まぬか》れて、今は自然に魔力が抜けるのを待っている状態だ。

とはいえ、その大変だったところを知らないだけに、ついつい他人事のように思ってしまう。

「で、でも今は平気だし、少し散歩するだけだから……」

「フシャー！」

あっ、本気で怒らせた。耳の毛まで逆立ってる……！

「前もそうやって出歩いて、夜中に誘拐されたんじゃないですか！　いきなり大怪我して お戻りになって、しかも話を聞いたら、魔族の生贄にされて殺されかけたっていうじゃないですか！」

ロロは瞳孔の開いた目で私を睨み付ける。

鼻の頭に皺《しわ》が寄っていて、人より尖《とが》った八重歯まで見えた。

「屋敷のみんな、どれほど心配したと思っているんです！　あたしだって、あたしだって、あのまま死んじゃったらどうしようって……!!」

肩を震わせ、両手を握り、ロロは次の言葉を吐き出そうとして――

「う、うにゃー!!」

言葉にならずに、怒りにも似た声を上げる。

顔をしかめたままぎゅっと閉じられた目の端には、かすかに涙も浮いていた。

「もっとお体を大事にしてください――――!」

「……ロロ」

思わず、私はぺたんと耳の伏せられたロロの頭に手を伸ばす。

自分の体のことなんて、自分一人の問題くらいに考えていたけど……思った以上に、周りに心配をかけてしまっていたみたいだ。

「ごめんね。……次は、気を付けるようにするから」

ロロの心配が嬉しくて、それ以上に申し訳ない。

もっと自分のことに気を遣うようにしよう――と思いながら、私はロロの頭を柔らかく撫でる。

ロロは素直に撫でられながらも、不服そうに口を尖《とが》らせた。それでいて、逆立った毛が少しずつ戻っているのを見て、私はついつい笑ってしまう。

「だ、騙されにゃいですからね! アネッサ様! これで何度目だと――」

笑う私を叱ろうと、口にしかけたロロの言葉は、だけど途中で遮られた。

小言を続けようとしたちょうどそのとき、どこからともなく無数の声と足音が聞こえてきたからだ。

「あー！　いたいた、アネッサ様！」

「こっちこっち！　アネッサ様いたわよ！」

「良かったわぁ。お部屋にいないから心配だったけどぉ」

かしましく騒ぎながらやってきたのは、仲良くしてくれるメイドの少女たちだ。

会話からして、どうやら私を捜していたらしい。小走りに駆け寄ってきた彼女たちに、一気に取り囲まれてしまう。

「なにかあったのかと慌てて捜していたんですよぉ。お元気そうで良かったけど、お一人で歩くのは控えてくださいね」

「また誘拐されたら大変だものね！　アネッサ様にこれ以上なにかあったら、心配で身が持たなくなっちゃうわ！」

「あたしたちも心配だけど……ご主人様なんて、特に大変よね！」

口々に話し出すメイドたちに、私はたじろいだ。

賑《にぎ》やかな空気に気圧されたから――ではない。私の視線は、メイドたちの手の中に向かう。

「ええと、私を捜していたの……？　そ、その手の中のものは……」

メイドたちは、おのおの可愛らしい袋を手に持っていた。

いや、よく見たら可愛いとは言いがたいものもある。包装は可愛いのだけど——大きさが。

「ひっ」

私の視線に気が付いて、メイドの一人がニッと笑う。

「もちろん、お菓子です。今日こそアネッサ様にはお腹いっぱい食べていただきますよ！」

「手作りお菓子で太らされた恨み！」

「ひええ……」

「あと、ご主人様からも太らせるように言われているので！　『今のままだと抱き心地が悪い』って！　たしかにアネッサ様はちょっと細すぎかと！」

ヴォルフ様——!?

——な、な、なんてこと言ってるんですか！　だ、抱き心地って……！

わ、私たち、まだそういうことしていないのに！

いや、むしろまだだからこそ、今のうちに太らせて美味しく頂こうという発想だろうか。

な、なるほど……と納得している場合ではない。私を美味しくするために——ついでに若干の私怨も込めて、お菓子を持ったメイドたちがにじり寄っているのだ。

いつの間にやらロロまであっち側に加わって、みんなで背筋が寒くなるほど爽やかな笑みを浮かべている。

それはもう、狩りをするときの肉食獣のような表情で……

「お覚悟!!」

ひえええええ!! 逃げなきゃ!!

◆ ◆ ◆

騒動の後始末で、ヴォルフの生活はなにかと慌ただしかった。

ヴォルフとしては心底どうでもいいが、まっとうに領主をすると決めた以上、逃げた魔族の行方を追う必要がある。

リヴィエール伯爵も同様だ。魔族の性質を知るヴォルフは、魔族の行方にも伯爵の末路にも心当たりがあるが、それはそれ。きっと見つからないだろうと思いつつ、捜すふりくらいはしなければならない。

加えて、逃げた他の連中の捜索や、転がった死体の身元を割り出しているうちに、時間はあっという間に過ぎていった。

それでも、恋人に会いたい一心でどうにか時間を空《あ》け、足早にアネッサの部屋に向かう途中。ヴォルフは逆方向から、気に食わない金髪の小娘が歩いてくるのを見つけた。

相手もヴォルフに気が付いたらしい。一瞬だけぎくりと足を止め、そのまま逃げるように引き返そうとした――が。

「――アーシャ嬢」

逃げる前に、ヴォルフが彼女を呼び止める。

アーシャは再びぎくりと強張り――結局、観念したようにヴォルフに向き直った。

「こ、公爵さま……」

おどおどとした目がヴォルフを見上げる。そのいかにも怯《おび》えた態度に、ヴォルフは眉をひそめた。

愉快な気持ちではない。が、咎《とが》めるわけにもいかないだろう。

彼女の態度の原因が自分にあることくらい、ヴォルフにもわかっている。

「ご、ごきげんよう。あの、なにかご用でしょうか……」

今にも逃げたそうなアーシャに、ヴォルフは無言で歩み寄った。

一歩近付くごとに、アーシャが青ざめていく。アネッサが傍にいない今、ヴォルフの態度を和らげるものはなにもない。纏《まと》う空気は冷たく、震えるほどの威圧感だけがある。

彼はその冷たさのまま、アーシャの前で立ち止まった。

怯《おび》える娘を前に、人ならざる冷酷な半魔が口にするのは――

「――悪かった」

謝罪である。

あまりの意外さに、アーシャの瞳がかつてないほどに見開かれた。

「手紙にかけられた魔法のことを、黙っていて悪かった」

凍て付く態度とは裏腹に、ヴォルフは素直にそう告げた。

アーシャは前々からヴォルフを恐れていたが、あの手紙の一件以来、顔を見ては逃げ出すようになった。最近魔法の練習に精を出すようになったのも、早く屋敷を出てヴォルフから離れるためなのだろう。

ヴォルフとしては、アーシャが出ていくこと自体は歓迎しているが――

それでも、手紙の一件は謝罪しておく必要があると思っていた。

「公爵さま……ええ……？」

しかし、アーシャの方はまったくヴォルフの言葉を信用していないらしい。さすがに『嘘だ』と断じはしないものの、あからさまな疑惑の目を向けてくる。

思わずムッと顔をしかめると、アーシャは死を覚悟するかのように青ざめた。

わかりやすすぎるアーシャの反応は、妙に恋人を連想させる。

変なところで似た姉妹だ——などと思いつつ、ヴォルフは息を吐いた。

「……これでも反省しているんだ、アーシャ嬢。君を蔑《ないがし》ろにしたせいで、あんなことになって——アネッサを危険な目に遭《あ》わせてしまった」

アーシャのことなどどうでもいいと思ったせいで、ヴォルフは危うくアネッサを失いかけたのだ。

実際のところ、今でもヴォルフにとってアーシャはどうでもいい存在なのだが、だからと言って捨て置けるわけではないと理解させられた。

アーシャだけではない。リヴィエール伯爵もそう。さらに、あの魔族召喚の場にあった死体の身元を確認して、ヴォルフの犠牲になった人間の関係者が交ざっていることもわかった。

今回の事件は伯爵が引き起こしたことだが、原因の一端はヴォルフが握っていたのだ。

——甘く見ていた。

人間への無関心も、家畜を見るような目も、アネッサがいる今となっては危うい。

彼女以外に関心がなくても、せめてもう少し上手く——人間らしくふるまわなければならないのだ。魔族ではなく、人間として彼女の傍にいたいのならば。

「……ええと」

アーシャはヴォルフを見上げて、本心を探るように瞳を覗き込んだ。

その視線が、彼の目に浮かぶばつの悪さに気が付いたらしい。

顔に怯《おび》えを残したまま、アーシャはかすかに目を細めた。

「ええ……、まあ、反省してくださるのでしたら。お姉さまのためですものね」

アーシャの視線に、ヴォルフはふん、と顔を逸らす。

彼女の目の色だけはアネッサに似ていて、どうにも居心地が悪かった。

「話は終わりだ。引き留めて悪かった。どこかへ行くところだったのだろう？」

「いいえ、わたしはもうすぐそこで。公爵さまこそ、お急ぎのご様子でしたが……」

ああ、とヴォルフは頷く。彼が急ぐ用事など、ただ一つしかない。

怪我で絶対安静中の恋人を思い浮かべ、冷たい藍色の瞳に光が宿った。

「アネッサの部屋に行くところだ」

「えっ」

「えっ」

予想外のアーシャの反応に、ヴォルフは思わず同じ言葉を返してしまう。

ヴォルフがアネッサの部屋に向かうのは、そう珍しい光景ではない。驚かれる筋合いはないはずだが――アーシャの次の言葉で、彼女の反応の理由を理解する。

「お姉さまでしたら、先ほど庭で見かけましたけど……」

人間らしくふるまわなければならないのだ。

……などと考えていたことは、今は頭から抜け落ちた。

アーシャがヴォルフの顔を見上げて、「ひっ」と引きつった声を上げる。

だが、彼はそれには目もくれない。アネッサの部屋の方向を見据えると、酷薄そうに目を細め、薄い唇を残忍に歪《ゆが》める。

――アネッサ!!

人知を超えた美貌に浮かぶその笑みは、まさに魔王そのものであった。

あんの、小娘ぇえええええ!!

◆　◆　◆

「シメオン様！　アネッサ様を見かけませんでした!?」

「……いや。こちらでは見ていないが」

「ありがとうございます！　くっ！　ここにもいなかったわ！　どこに逃げたの‼」

悔しげな声とともに、ばたばたと荒々しい足音が聞こえる。

花園の生垣の裏。膝を抱えて震えていた私は、遠ざかっていく足音にほっと息を吐き出した。

──た、助かったわ……！

無事にやり過ごせたことに安堵しながら、私はそろそろと生垣から顔を出す。

そんな私を、花園の手入れをしていたシメオンさんが呆れた様子で見ていた。

「……アネッサ様。いったいなにをやっているんですか」

「わ、私にもわかりません……」

どうして私は、こうもお菓子を食べるよう強要されているのだろう……

そして庭中を駆け回り、シメオンさんにかくまわれているのだろう……

状況がまるで理解できないけど、とにかくシメオンさんのおかげで助かった。お礼を言わなければ、と立ち上がり、彼に向けて頭を下げる。

「ありがとうございます。おかげで命拾いしました」

「命って、なにをやっているんですか……」

本当に……私も知りたい……

「まあ、お元気そうでよろしいですけども。アネッサ様が元気になって、屋敷の者たちも明るくなっているようです」

「そ、そうでしょうか……？」

そう言いながら、私はメイドたちの去っていった方角に目を向けた。

少し前まで追われていた身としては、彼女たちの剣幕を『明るい』で済ますことはできない。

「む、むしろ殺気立っているように見えたのですが……！」

「殺気って」

シメオンさんは私の言葉を繰り返すと、思わずという様子で、ふっと噴き出した。

そのまま口元に手を当て、彼はくすくすと笑い続ける。あまりに珍しい姿に、私は目を見開いた。

エルフらしく、普段のシメオンさんはほとんど表情がない。こんなにはっきりと笑う姿は見たのは初めてだ。

「し、シメオンさん？　私、なにか変なことでも……!?」

愉快なことを言った覚えはない。

だけど彼がこんなに笑うということは——もしかして、なにかやらかしてしまったのだろうか？

「いいえ。アネッサ様が無事に戻っていらしたんだな、と」

困惑する私に、シメオンさんは首を振る。

それでも顔に浮かぶ笑みは変わらない。むしろますます楽しそうに、彼は笑みを深めてみせた。

「ヴォルフ様の本当のお姿を見たのでしょう？　お顔だけではなく、魔族の性質も、魔力も」

「え、ええ？　は、はい、たぶん……」

屋敷の使用人の大半は、私が魔族の生贄にされたせいで、あんな怪我を負ったのだと思っている。

だけどシメオンさんたち一部の人は、これがヴォルフ様の手によるものだと気付いていた。

特にシメオンさんは、ヴォルフ様の魔力を中和するために力を尽くしてくれた当事者だ。大変な状況だったこともよく理解してくれていた。

――たしかに、怖かったけど。殺されるよりもひどい目に遭《あ》うと思ったけど。

でも、あれを本当のお姿と言われると戸惑ってしまう。

あのヴォルフ様もたしかに彼の本質なのだろうけど――やっぱり私にとっては、今の、羞恥心をもっと持ってほしい方のヴォルフ様が見慣れていた。

「たぶん。たぶんですか」

よくわかっていない私に、シメオンさんは「はは」と笑う。

「正直なところ、最初にあのアネッサ様の状態を見たとき、私は『もう駄目だ』と思っていましたよ。肉体的なこともですが――もっと、根本的に。ええ、でも、いらぬ心配でした」

そう言ってから、彼は表情を取り繕《つくろ》うように一度目を閉じ――今度は真面目な顔を私に向けた。

「アネッサ様、来てくださったのがあなたで良かった。半分人の血を継ぐヴォルフ様には、きっとあなたが救いになるでしょう」

真摯《しんし》な言葉にどきりとした。

思わず背筋を伸ばす私に向けて、シメオンさんは優雅に――こちらが戸惑うくらいにうやうやしく一礼する。

「これからもいろいろ大変でしょうが、ヴォルフ様をよろしくお願いしますね。私も可能な限り支えていきますので」

「は、はい。ありがとうございます」

「特に体力的な面ではお力になれるかと。回復薬の類はエルフの得意分野なので。そもそもこの花園も、薬草園ですからね」

「はい。……はい？」

「体力回復薬はもちろん、媚薬や興奮剤などもご用意できますよ」

はい？

「もともと魔族はそちら方面に強いですからね。おまけに魔族の本能を抑えるなら、代替として別の欲求に向かうでしょうし。人間の身にはお辛いかと思いますよ」

んんんんん？

「まあ、でもこうなったら受け止めて差し上げてください。薬が必要でしたらいつでもどうぞ。エルフの秘薬は、魔力と違ってあとに残りませんからね。本当は使用が禁止されているのですが、私は不良エルフなので、お気になさらず」

エルフの秘薬……って、使用禁止どころか伝説のアイテムですよね？

かつて勇者が使ったのを最後に、この世から消え去ったって話ですよね？

「辛いよりは気持ちいい方が耐えやすいでしょう。すぐのご入用でしたら、痛みを和らげる薬が一本」

シメオンさーん⁉

――い、今の話の流れおかしくないですか⁉　じ、自分で言うのもなんだけど、もっといい感じの話になるのかと思っていました‼

大混乱で立ち尽くす私に、シメオンさんは再びくすりと笑う。

それから、時刻でも確かめるように何気なく空を見上げ――「あ」とつぶやいた。

「そういえば、アネッサ様。こんなところにいらっしゃっていいのですか？」

「……は、はひ⁉　な、なにか問題が……⁉」

「いえ」

思わず声が裏返った私を気にもせず、シメオンさんはそう言った。

「たしかヴォルフ様が、昼過ぎあたりに時間を作ってアネッサ様の部屋に行く、とおっしゃっていたはずなので」

ひゅっ、と喉《のど》の奥から息が漏れる。先ほどまでの動揺が一気に吹き飛び、全身からざあっと血の気が引いていった。

空を見れば、西に大きく傾く太陽が見える。昼なんてとっくに過ぎ、そろそろおやつを食べたくなる時間帯だ。

私は青い空を見上げながら、死んだ方がマシな目に遭《あ》うことを予感していた。

とはいえ、もちろん死にたくはない。

私はシメオンさんと別れると、大急ぎで部屋に駆け戻った。

そして現在、慣れた自室の、慣れた扉。私は閉じた扉を前におののいていた。

ただ単に自分の部屋に戻るだけのはずなのに、嫌な予感で冷や汗が止まらない。

だってもう、扉からいろいろ滲《にじ》み出ている。魔王城の扉かと思うほどの、禍々《まがまが》しい気配的なものが。

――開けたくない……！

ついついそう考えてしまうけど、逃げた方が絶対に大変なことになるのはわかっていた。

――い、行くしかないわ！　も、もしかしたら意外と怒ってないかもしれないし！

私が不安に思いすぎているだけかもしれないし！　――なんて希望的観測を胸に、
私は大きく息を吸い、覚悟を決めて扉を開けた。

「――やあ、アネッサ」

そしてすぐに、開けたことを後悔した。

昼を大きく通り過ぎ、西日の差し込む部屋の中。ベッドサイドの椅子に腰かけ、悠然と足を組むのは、見慣れた青銀の髪の男の人。

その人ならざる美貌を隠すものは、今はどこにもない。

逆光を背に受け、影の落ちた顔に浮かぶのは——あまりにも鮮やかで、寒気がするほど魅惑的な笑みだった。

ひく、と私の喉《のど》が震える。視線から逃げたいのに、目を離すこともできない。

扉の前に立ち尽くしたまま、私の希望的観測が儚《はかな》い希望に過ぎなかったことを理解した。

——そ、想像よりも怒っていらっしゃるわ……!!

「え、ええと、その……ヴォルフ様……」

「おかえり。ずいぶんと長い散歩をしていたようだな」

言い訳しようとした私を遮り、ヴォルフ様が淡々と告げる。

言っていることは穏やかなのに、低く静かな声に含まれる響きは、まるで穏やかではなかった。

「君が戻るのを待っていたよ。ずっと」

ずっと、の圧が強すぎる。この距離でも感じる威圧感に、ひっ、と思わず声が出た。

怯《おび》える私と同じくして、ヴォルフ様と一緒に部屋の中にいた医者の先生も震え上がる。

……もしかして先生、私が帰るまでヴォルフ様と二人きりで部屋にいらっしゃったのだろうか。

そう考えると大変お気の毒だけど、今は同情している余裕はない。

ヴォルフ様がゆるりと立ち上がり、こちらに向かって歩いてきているのだ。

「――アネッサ」

ゆっくりと近寄りながら、彼は淡々とした声で私の名前を呼ぶ。

「君はもう少し自覚した方がいい」

私は身が竦《すく》んで動けない。捕食者に睨まれた獲物の気分だ。

そんな私を見て、彼は嗜虐《しぎゃく》的に目を細める。

「君の行動が、今までどれほど俺の心を弄《もてあそ》んできたか。君はまるで理解していないようだな」

ヴォルフ様の足が止まる。息を呑む私の上に、彼の影が落ちてくる。

「そろそろ、俺も甘い顔だけをしていられない。君は一度、思い知るべきだ」

「あ、あの……ヴォルフ様……」

「さあ、アネッサ」

私の怯《おび》える顔を見て、ヴォルフ様はどこか満足そうに笑みを深めた。

その表情のまま、迷いなく手を伸ばし――彼は私の腕を掴む。

「覚悟してもらおうか」

顔に浮かぶのは、獲物を捕らえた獣の表情だ。

――ひ、ひえええええ!! ごめんなさーい!!

で、でも! 弄《もてあそ》んだ記憶はありませんよ!?

◆ ◆ ◆

空気を読んだ医者が手早く診察を終わらせ、逃げるように出ていったあと。

西日の差す部屋には、ヴォルフとアネッサの二人きり。怒りに怯《おび》えるアネッサを、ヴォルフは迷わず抱き寄せて――

「――そういうことで、まだ魔族の行方はわかっていない」

真面目な話をしていた。

そもそも今日の訪問の目的は、事件のその後をアネッサに伝えることだ。

彼女が逃げたことは腹立たしいが、それはそれとして、用件は済ませておく必要がある――が。

「たいした魔族ではなかったが、それでも魔族は魔族だ。今見つからないのであれば、もう近くにはいないだろう。領内は警戒しているが、他領へ出たら俺では手が出せない。国に協力を依頼している」

「は、はい……」

「それと合わせて、今回の件は国に隠さず報告することにした。魔族の召喚に襲撃とあっては、黙っているのは難しい。君の父親とはいえ、リヴィエール伯爵は罪に問われるだろう」

「そ、それは……仕方ないと思います……けど、あの……！」

「事件の原因についても――俺のしてきたことについても伝える。いずれ、なんらかの沙汰が下るはずだ」

「あ、あの！　ヴォルフ様!!」

耐えられなくなったように、アネッサがヴォルフの言葉を遮って叫ぶ。

しかし、ヴォルフに彼女の顔を見ることはできない。

なにせ彼は現在、アネッサを膝の上に乗せて、背後から抱きしめているからだ。

「こ、こんな体勢で話す内容ではないと思うんですけど!?」

「大人しくしていろ。真面目な話だ」

「たしかに真面目な話ですけど!!」

などと抗議しながら抜け出そうともがくアネッサを、ヴォルフは容赦《ようしゃ》なく押さえ付ける。

用件は済ませておく必要がある——が、なにもしないとは言っていない。

そういうわけで、彼は真面目な話をしつつ、当たり前のようにアネッサの腰を抱いていた。

ついでに片手でアネッサの手を握り、ときどきうなじにキスを落としたりもする。

「いいから聞いておけ。——それから、今後のことについてだ」

「で、ですけど！」

「俺は今後、森に新しく犠牲者を呼ぶことはしない」

ヴォルフの告げた言葉に、アネッサの抗議が止まる。

彼女が身じろぎするのを感じつつ、ヴォルフはそのまま淡々と言葉を続けた。

「今まで犠牲にした人間たちにも償《つぐな》いをする。魔族としての欲求は可能な限り抑えていくつもりだ」

「……ヴォルフ様」

「ただし、この欲求は魔族の本能だ。完全に消し去ることはできない。——誰も呼ばない代わりに、君には無理を強《し》いることになる。定期的に血を見せてもらう必要があるし、……多少苦しい思いもしてもらうだろう」

消し去ることはできない──などと口にする自分に、ヴォルフは自嘲気味に口を曲げる。

恋人を腕に抱きながら、今なお彼が感じるのは、紛れもない魔族の欲望だ。

──甘い。

至近距離で感じる、彼女の淡い魔力の香りにうっとりする。

知らず唇を舐め、香りに誘われるように、何度もうなじに口付けを落としてしまう。

──甘い、甘い。

無防備に腕に収まる彼女に、触れる指先が疼《うず》いている。

このまま彼女の体を引き裂いたら──どれほど心地良いだろう。

きっと、驚きと絶望の目を向けて、可愛い声で鳴くのだろう。

それはなによりも、魔族としてのヴォルフを満たすはずだ。

彼女が愛しいからこそ、思う様に魔族の愛を与えたい。

だけど──

「──わ、わかっています！」

強い声が、ヴォルフの欲望を呑み込ませる。

震え、怯《おび》え、恐怖しながらも、彼女は迷うことなく声を上げる。

「が、がんばります！　痛いのも、魔力も、我慢できますので！」

疼《うず》く指先は、決して彼女を傷付けない。握っていた手を離し――優しく触れるのは、彼女の頬。

手を添えて、彼女を背後に振り返らせれば、澄んだ緑の瞳と目が合った。

「君は怖くないのか？」

思わず口にしたのは、今まで何度もしてきた問いだった。

アネッサの目には、たしかに恐怖が宿っている。魔王と同じ顔の男を目に映し、怯《おび》えたように身を竦《すく》ませる。

それでも。

「怖くても――ヴォルフ様だから」

同じ答えを返してくれる。

青ざめた顔に浮かぶのは、恐怖と同じだけの信頼と――恋心。

ヴォルフの手を払わず、こういうときばかりは逃げ出さず、まっすぐに顔を向けてくる。

「受け止めたいんです、ヴォルフ様のこと。だから、どんなことでも――」

自分で問いかけておきながら、彼女の返答をヴォルフ自身が遮った。

腰を抱く腕に力を込め、指先で頬を撫で、唇を押し付ける。

——甘い。

魔力よりもなお甘く、ヴォルフはアネッサに口付ける。

腕の中にいるのは、脆《もろ》くて弱い人間の小娘。魔族の欲望を一身に向けられた哀れな獲物で——

怖がりで、純情で、すぐに頬を赤くして。無鉄砲でいつも傷を負うくせに、自覚もなくあちこち歩き回ってはヴォルフを振り回す——同じ人間の、恋人だ。

愛しさに深く深く口付ければ、彼女が遠慮がちに、おずおずとヴォルフの舌に応えるのを感じた。

◆　◆　◆

唇が離れても、私はまだ頭がぽーっとしてしまっていた。

心臓が爆発しそうなくらいに跳ねて、頭の中は声にならない叫びであふれていた。

——な、な、な、わた、私……!?　私……じ、自分から……舐め……!?　な、なんで!?

先ほどのキスを思い出し、私の顔が茹《ゆ》で上がる。自分のしたことが信じられない。

――なんで、だって……優しかったから……？

今まではずっと噛み付かれるような感じで、こっちが戸惑っている間に終わってしまっていたけど……さっきのキスは優しくて――って！

――私はなにを考えているの!?

目を見開いてヴォルフ様を見れば、彼もまた熱のこもる目で私を見ていた。

見せつけるように唇を舐め、彼は薄く目を細める。

西日の差す中、彼の表情はぞくりとするほどに魅惑的だった。

もともと色気のある人だったけど、仮面を外した今はなおさら。

整いすぎた美貌は、心を沼の底に引きずり込むような、恐ろしいまでの魅力がある。

「……アネッサ」

思わず魅入ってしまった私に、ヴォルフ様が呼びかけた。

「この顔が気になるか？」

ずいぶんまじまじと見つめてしまっていたらしい。

彼はかすかに眉をひそめ、どこか不安そうに尋ねた。

「君が怖がるようなら隠すが」

「あ、い、いえ！」

ヴォルフ様の仮面は、私が素顔を見た日からずっと外されている。

仮面が壊れたというのもあるけど――もう、隠す相手がいないのだ。

この屋敷の人たちはみんなヴォルフ様の素顔を知っていて、知らないのは外から来た人間――つまりは、私だけなのだという。

その私も、今では彼の本当の顔を知っている。彼の、魔王とそっくりな顔を。

――怖くないわけじゃないけど。

彼の素顔を前にすると、怯《ひる》んでしまうのは隠せない。魔王と似ていて、威圧感もあり、本能的に恐れてしまう。

だけど、怖いだけではなく――

「き、きれいすぎて……つい」

「……は？」

私の返事が相当意外だったらしい。ヴォルフ様は一度目を見開き、それから呆れたように息を吐いた。

「魔王と同じ顔だぞ。いくら整っていても、人間にとっては恐怖でしかないだろう」

「い、いいえ、たしかに魔王とそっくりですが……」

言いながら、私は思わずヴォルフ様に手を伸ばす。

触れるのは、今まで隠されていた仮面の下。目元に手を当てて、そのきれいな瞳を覗き込む。

「魔王ではなく、ヴォルフ様のお顔です。ヴォルフ様は藍色の瞳でいらっしゃいますし」

魔王と違って表情もあるし、滅多にないけど頬も赤くなる。

感情がある分だけ印象が柔らかい――と言っても、やはり震え上がるほどに冷たいのだけど。

……などと考える私を、ヴォルフ様が無言で見下ろす。

魔王と違って――なんて思ったばかりなのに、今の彼は魔王並みに表情がない。

「……あの？」

ヴォルフ様は答えない。

じっと私を見る瞳は、冷たいけど妙に獣じみた印象で……

「ヴォルフ様――んんん!?」

その印象そのままに、今度は獣のようなキスをされる。

もともと距離が近かったせいで、逃げる間もない。

――さ、さっきは優しかったのに!!

口の中をめちゃくちゃに蹂躙《じゅうりん》され、嬲《なぶ》るように舌を絡められ、ぴちゃぴちゃとわざと音を立てて唾液をかき回される。

おののく私の体を押さえ付け、角度を変えながら味わうように何度も舐めて、口が離れるたびに唾液が絡んでいるのを見せつけられる。

怖くて恥ずかしくてたまらないのに、体は疼《うず》くように落ち着かず、妙にぞわぞわとしてしまう。

そのまま散々口内を嬲《なぶ》られ、涙目どころか完全に涙がこぼれたあたりで、ヴォルフ様はようやく離してくれた。

それでも獣じみた目の色は変わらず、どこか据わった視線を私に向けている。

「……魔族の本能を誤魔化すために、君に苦しい思いをしてもらうと言ったな？」

「は、はひ……？」

――い、言っていましたね？　言っていましたけど、それが……？

「こういうときは、別の欲で代替するのが手っ取り早い」

「……ええと、それは」

なんだか、似たようなことを言っていた人が……いたような……

「君は自分で、『どんなことでもする』と言ったな」

い、言った——いや、言ってない！　途中でヴォルフ様に遮られた！

だけどもちろん、そんな言い訳を許してくれるヴォルフ様ではなく……

「君の傷が治るまでは待つ。そういう約束だったからな。これは守ってやろう。——だが」

だが、の圧も強い。私の体が震え上がる。

だけどその震えも許さないかのように、ヴォルフ様が私の体を押さえ付けた。

「これ以上傷の治りを遅らせる気はない。君は目を離すと、すぐにどこかへ行ってしまうようだから」

ひやりとした威圧感がヴォルフ様から滲《にじ》み出ている。

恐怖に肌が粟立《あわだ》ち、全身が竦《すく》む。頭の奥で警鐘が鳴り響き、本能が逃げろと叫んでいる。

こ、こ、このままではまずい！

まずいのに、逃げられない!!

「今後は逃げ出さないように、俺の部屋で過ごしてもらう。今のうちに、俺のベッドの感触に慣れておけ。どうせすぐに離れられなくなるんだからな」

そ、それって軟禁では……!?

「あああ、あの、ヴォルフ様……！　ま、待ってくださ——」

「約束だから、まだ手は出さないでいてやる。手は」

『手』は⁉

「君を啼《な》かせる方法なんていくらでもある。君がヒイヒイ悲鳴を上げれば、散々弄《もてあそ》ばれた俺の気も、多少は晴らすことができるだろう」

——ヒィイイイ‼

とすでに内心で悲鳴を上げている私に、ヴォルフ様は手を伸ばす。

そのまま私の手首を掴み、彼は凄惨なまでの笑みを浮かべた。

その表情は、まさに魔王と呼ぶに相応しい。絶対に逃げられないのだという絶望感を、目の色が教えてくれる。

薄い唇が三日月のように弧を描き、ゆるりと開く。

告げる言葉は、甘く、魅惑的で——それでいて、ひどく恐ろしい。

「思い知れ、と言っただろう」

ひ、ひ、ひえええええ‼

「ヴォルフ様！　冤罪！　冤罪です‼」

——弄《もてあそ》ぶどころか、弄《もてあそ》ばれているの私の方ですよね⁉

そんな心からの叫びは聞き届けられない。

ヴォルフ様は私を見下ろすと、まさに残虐非道と呼ぶに相応しい表情を浮かべ——

それから、いかにも楽しそうに声を上げて笑った。

◆　◆　◆

一度足を踏み入れれば、二度と出ることはできない森の中。
最後の一人が囚われた。
以降、新たな獲物が招かれることはなく、囚われた娘が逃げ出すことも、なかった。

# 番外編　それから数日後

ヒイヒイ言わされてしまった。
ひ、ヒイヒイ……言わされて……しまった………
昇りたての朝日を見つめながら、私はベッドの中で呆然としていた。
慣れた自室とは寝心地の異なるベッドに、見慣れない天井と、見慣れない部屋の景色。
窓の外から見える風景も、いつもとは異なる。
私はヴォルフ様の部屋の、ヴォルフ様のベッドの上で、未だ現実感もなく瞬《まばた》いた。
思い返すのは、昨晩のことだ。
同じベッドに入ったヴォルフ様が、私の体に触れ――
――ひ、ヒィイイイイイ!!
そこまで思い返した瞬間、私の眠気は吹き飛んだ。
ヒイヒイ言わされた！　いや、言ってしまった!!
さらに言うなら、昨日だけではない。

ここ数日。それも連日連夜。

私はヴォルフ様の宣言通りに部屋を移動させられたあと、ヒイヒイ言わされ続けている。

――い、いいえ！　怪我が治りきってないし、本番はまだしてないわ……って！　あれで本番じゃなかったら、本当に本当のときにはどうなるの⁉

「ひいいいいいい……‼」

口からも悲鳴が出た。

だってもう。だってもう！　世の中の夫婦は、本当にああいうことをしているの⁉

――む、無理無理！　あれ以上は本当に無理‼

思わず頬を押さえると、昨日のことなのに信じられないくらいに熱を持っている。

爽やかな朝の空気に相応しくない記憶ばかりが頭を占め、私は耐えきれずに足をばたつかせた。

――あああああ……‼

などと言葉にできず暴れた拍子に、ベッドがギシ、と音を立ててきしむ。

その音で、私ははっと隣で寝ているはずの人のことを思い出した。

――ヴォルフ様‼

起こしてしまわなかっただろうか。そして、この奇行を見られてはいないだろうか……！

そう考えつつおそるおそる目を向けると――

小さな寝息を立てる、彼の素顔が目に入った。

朝日の差す部屋の中、ヴォルフ様は静かに寝入っていた。

普段は結んでいる長い髪も、今は解かれて枕の上に流れている。銀の糸のような髪が、光を浴びて宝石みたいにきらめいていた。

いつもの威圧感も、眠るヴォルフ様からはあまり感じない。

どことなく無防備で、それが妙に嬉しかった。

――……きれい。

端整な白い頬を見つめ、私は素直にそう思った。魔王に似ていても、怖くても、ヴォルフ様がヴォルフ様だから、私にとっては世界一きれいな人だ。

目を奪われて、見惚《みと》れてしまう。ずっと見つめていたくなる。

しばらくしても起きる気配のないヴォルフ様に、私は一人でくすりと笑った。

それから、彼の隣にもう一度横になる。

同じ枕に頭を置くと、なんだかそわそわしてくすぐったい。ヒイヒイ言わなくたって、これだけで心臓が壊れそうなくらいドキドキしている。

気恥ずかしさに、私は横になったままぎゅっと目を閉じた。

少し体温の低いヴォルフ様の、ほのかな温かさを感じて、落ち着かない気持ちになる。

「……ヴォルフ様」

ほとんど無意識に、はにかむように、私は彼の名前を口にした。

そのまま、彼の傍でもう一度眠りに落ちようとしたとき――

「なんだ」

聞こえてきた返事にぎくりとした。

驚いて目を開ければ、真正面にヴォルフ様の藍色の瞳が見える。

私を見つめて、彼は怖いくらいの美貌に笑みを浮かべていた。

「お、起きていらっしゃったんですか……⁉」

「ああ」

と頷くヴォルフ様に、私は顔を強張らせる。

――お、起きてたって、それっていつから⁉　どこから⁉　最初から⁉

ああああ！　と悲鳴を上げそうになるのを呑み込み、私は澄ました顔のヴォルフ様を見る。

「な、な、なんでなにも言ってくれなかったんですか⁉」

あまりの恥ずかしさに、私は恨めしさを込めてそう言った。

だけどヴォルフ様は、私の八つ当たりなどものともしない。

彼はほんのり涙目の私に向け、憎らしいほどに甘い笑みを浮かべてみせた。

「君に見惚《みと》れていたんだ」

ぼっ、と音がするくらい、私の顔が一気に熱を持つ。

飾らなすぎる言葉に声も出ない。呼吸さえも止まる私を、ヴォルフ様はしばらく愉快そうに眺めてから――

彼は少しだけ身を起こし、真っ赤に染まった私の額にキスをした。

書き下ろし番外編

# 最後の客人

一度足を踏み入れたら、二度と無事には出られないと言われるビスハイル公爵邸。

人を拒絶するような深い森に囲まれ、昼でも薄暗い影の落ちるその屋敷の一室で、屋敷の主《あるじ》たる半魔が口角を吊り上げる。

人ならざる美貌に浮かぶのは、見る者すべてを震え上がらせる凄惨な笑みだ。

酷薄そうに細められた藍色の目。愉快そうに歪《ゆが》む口元。かすかに下を向く顔に、冷たい青銀の髪が落とす影。恐ろしくも目を逸らすことを許さない、悪魔めいた魅力を持つ邪悪な笑みに――

「浮かれていらっしゃいますねえ、ヴォルフ様……」

屋敷の執事、シメオンは半ば呆れたように呟《つぶや》いた。

魔族の一件から二ヶ月ほど。まだまだ問題は山積みとはいえ、事件当時の慌ただしさがすっかり落ち着いた現在、公爵邸は平和そのものだった。

「誰が浮かれているって？」

そんな平和な本日。屋敷の主人であるヴォルフが顔を上げ、不愉快そうにシメオンを見る。

彼の手にあるのは、今朝がた届いた『とある書状』だ。先ほどまで熱心に目を落としていたその書状をつまんで揺らし、彼は鼻で息を吐く。

「馬鹿なことを言うな。こんな紙切れ一つでなにが変わる。くだらない」

「さっきからずっと口元が緩んでおられますが。アネッサ様に笑われますよ」

む、とヴォルフが口元に手を当てる。

自分の表情に気付いたのか、気付いていないのか。ますます不愉快そうに顔をしかめるヴォルフを眺めながら、シメオンは嘆息した。

これが、かつては残虐非道と恐れられた、魔王の血を引く冷血公爵。

人を人とも思わず、他者を蹂躙《じゅうりん》する以外の一切に無関心だった男の、現在の姿だ。

「…………………」

エルフらしい澄ました無表情の奥で、シメオンは己《おのれ》の主人の変化を思う。

——惜しい。

実に惜しいことをした。

血と死にまみれたヴォルフは、誰よりも美しかったのに。


シメオンは美しいものが好きだ。

美しくないものは好きではない。

それ以外に彼にとっての価値基準はない。エルフは人よりも情に疎《うと》いものだが、彼はエルフなりの倫理観さえ持ち合わせてはいない。

シメオンのかつての主人は、ヴォルフの父だった。

はるか昔、人間を恐怖の底に突き落とした魔王。長命なエルフであるシメオンは、伝説にうたわれる時代から魔王に仕え、その圧倒的な力と無慈悲さに心酔していた。

魔王は美しかった。なにも顧《かえり》みることなく、欲望のままに破壊し、人々の悲鳴の上で嗤《わら》う凄惨な姿は、今思い出しても嘆息する。魔王はまるで、人間の血で描いた絵画のようだった。

ヴォルフに仕えるようになったのは、魔王が魔界へ閉じこもるようになってからしばらくのち。魔王の子が人間の世界にいると聞き、興味を持ってからだ。

ヴォルフは、数いる魔王の子らの中で最も魔王に似ていた。容貌のみではない。性質や嗜好、能力も含め、純血の魔族である兄弟たちの誰よりも、彼は魔王らしさを持っていた。

それでいて、ヴォルフには魔王にはない人らしさもまた、持ち合わせていた。

ある意味では単純な、純血魔族の残虐さとは異なる。人であればこその冷酷さ、趣向を凝《こ》らした蹂躙《じゅうりん》、より相手を理解しているからこそ与えられる絶望。

芸術的とさえいえる破壊の、なんと美しいことか。

それをもたらすヴォルフ自身の不安定さの、なんと美しいことか。

恋を知り、人であろうと願うヴォルフから失われた美しさを、どうして惜しまずにいられようか。

そして同時に――

人であろうとするがゆえに、大きく矛盾した彼もまた、美しかった。

シメオンは目を細め、浮かれたヴォルフを仰ぎ見る。

人間の娘に恋をし、ヴォルフはずいぶんと変わった。魔族の残虐性を呑み、血の欲求を耐え、人のようにふるまうことが多くなった。表情も、傍《はた》から見れば些細な変化ではあろうが、以前に比べて穏やかになったように思う。

だが、魔族の本性は消えたわけではない。浮ついた彼の心の奥には、今も嗜虐心《しぎゃくしん》が疼《うず》いている。

ヴォルフは人でありながら魔。魔でありながら人。愛すればこそ大切にしたい。愛すればこそ引き裂きたい。相反する衝動を抱え、危うい均衡で成り立つ今の彼は、以前にも増して魅力的に映る。

まるで薄氷の上を歩くよう。この細い綱渡りを、彼はいったいいつまで、愛のために耐えられるだろうか。

シメオンは想像する。

もしも衝動に耐えきれなくなったとき。

いつか、最愛の人を自らの手にかけることになったとき——

ヴォルフはきっと、魔王すら凌駕するほどの、美しい悪魔となるのだろう。

————ぞくぞくする。


「——シメオン」

ヴォルフの呼びかけに、はっとシメオンは我に返った。

もちろん、態度にはおくびにも出さない。見惚《みと》れていたことなどなかったかのように、彼は澄ました顔でヴォルフへ答える。

「いかがいたしましたか、ヴォルフ様」

「それで、そのアネッサはどうした？　書状のことは彼女にも伝える必要があるだろう」

「そのことでしたら、すでに呼びに行かせていますよ。じきにいらっしゃるでしょう――ああ、ほら」

会話が呼び水となったのか、扉の外から慌ただしい足音が聞こえてくる。ぱたぱたと駆ける音は扉の前までやってくると、勢い良く扉を開く音に変わった。

「ヴォルフ様！」

飛び込むように部屋へと入ってきたのは、息を切らせたアネッサだ。ノックすらしないとは、彼女にしては珍しい。相当に気が急《せ》いていたのだろう。先駆けるアネッサのあとから、呼びにやっていたメイドのロロが入ってくる。

「ヴォルフ様、書簡が届いたって本当ですか⁉　あの、『例の』書状の……！」

「ああ」

軽く頷いて、ヴォルフは手にしていた紙を無造作にアネッサに示す。

そうして、いかにもなんてことないように、たいしたことでもないと言いたげに、ヴォルフは澄ましてこう言った。

「これで、君と俺との結婚は正式に認められた」

ヴォルフが手に持っているのは、一月《ひとつき》ほど前に国へ提出した申請の結果――国王から届いた結婚の認可状だ。

仰々しい紙には、ヴォルフとアネッサの名前と、結婚を許可する旨の記載、そして国王の印が押されている。

「ヴォルフ様と、私が……」

ヴォルフとは対照的に、アネッサの表情はわかりやすいくらいわかりやすく変わる。緑の瞳に喜びの色が満ち、頬が自然と緩み、口からは感極まったようなため息が漏れる。胸の前で手を握り合わせ、嬉しさに頬を染める彼女を見て、シメオンはつい声をかけてしまう。

「嬉しそうですね、アネッサ様」

「はい！　嬉しいです、とても……！」

はにかんだ笑みで答えるアネッサに、シメオンは頷く。

シメオンは人間に興味はない。アネッサは格別美しいわけでもなく、ヴォルフの想い人であることを除けば、彼にとっては関心の対象外だ。

だけど彼女のこういうところは、非常に好ましく思う。

「素直でたいへん良いことです。――ねえ、ヴォルフ様」

「………」

ちらりと横目で窺《うかが》えば、ヴォルフは口をつぐんで目を逸らす。

顔に浮かぶ表情は、不機嫌そのものだ。全身から人も殺せそうなほどの威圧感を放ちながら、しかし視線の向かう先は誰もいない壁である。

「………」

一方、ヴォルフの隣にいたアネッサもまた、無言のヴォルフを見上げていた。

どうやら彼女も、だんだんヴォルフの扱いに慣れてきたらしい。一見すれば冷たい拒絶にも似た横顔に怖《お》じることなく、彼女はヴォルフの反応を待って期待の眼差しを向けている。

「…………」

「…………」

そのまま、揃ってヴォルフを見つめること少しの間。

耐えきれなかったのはヴォルフの方だった。

「ああ、わかった、わかった！　俺も嬉しい！　君と夫婦になれたことを喜んでいる！　……くそっ、これでいいんだろう⁉」

ヴォルフは観念したように白状すると、悔しげに奥歯を噛む。

アネッサはそんなヴォルフにますます嬉しそうな笑みを向け、アネッサの傍に控えていたロロが「あたしも嬉しいですにゃ！」と張り合うように声を上げる。

明るい声に、明るい空気。魔族の本性などどこにいったのやら、書面一枚ですっかり浮かれたやり取りに、シメオンは息を吐く。

——まだ書類の上だけで、これから結婚式もあると言うのに。

これでは先が思いやられる。ヴォルフを主人と定めた以上、ヴォルフの喜びはシメオンの喜びであるが、それにしたって浮かれすぎだ。

この調子では、結婚式では宙に浮きかねない。ヴォルフの持つ不安定で危うい魅力も、こうなってしまうと形無しである。

——まあ、でも。

いずれにしても、これで『客人』であったアネッサも、名実ともに公爵家の人間だ。ヴォルフの手の内にあるものは、すべてシメオンにとっての庇護対象。ヴォルフがそうあれと望む限り、シメオンはアネッサをヴォルフからすらも守るだろう。

そうして、あるいは。魔王の血を誰よりも色濃く受け継いだヴォルフが、耐えがたい衝動を耐え抜き、抗《あらが》いがたい欲求を呑み続け、最後まで薄氷の上を歩き切れたなら——ともに老い、終わりを迎えゆく二人を見送ることができたのなら、きっと。

——それもまた、さぞや美しい光景だろうな。

薄暗い公爵邸の一室にも、わずかながら陽光は降り注ぐ。
淡い光の下で喜び合う若い夫婦を見つめ、シメオンは眩しさに目を細めた。

本書は、2021年3月当社より単行本として刊行されたものに書き下ろしを加えて文庫化したものです。


この作品に対する皆様のご意見・ご感想をお待ちしております。

おハガキ・お手紙は以下の宛先にお送りください。

【宛先】

〒150-6019 東京都渋谷区恵比寿4-20-3 恵比寿ｶﾞｰﾃﾞﾝﾌﾟﾚｲｽﾀﾜｰ 19F
（株）アルファポリス　書籍感想係

メールフォームでのご意見・ご感想は右のQRコードから、
あるいは以下のワードで検索をかけてください。

アルファポリス　書籍の感想　検索

ご感想はこちらから

レジーナ文庫

# 妹《いもうと》ばかり可愛《かわい》がられた伯爵令嬢《はくしゃくれいじょう》、妹《いもうと》の身《み》代《が》わりにされ残虐非道《ざんぎゃくひどう》な冷血公爵《れいけつこうしゃく》の嫁《よめ》となる2

赤村《あかむら》咲《さき》

2024年5月20日初版発行

文庫編集－斧木悠子・森 順子
編集長－倉持真理
発行者－梶本雄介
発行所－株式会社アルファポリス
〒150-6019 東京都渋谷区恵比寿4-20-3 恵比寿ｶﾞｰﾃﾞﾝﾌﾟﾚｲｽﾀﾜｰ19階
TEL 03-6277-1601（営業）　03-6277-1602（編集）
URL https://www.alphapolis.co.jp/
発売元－株式会社星雲社（共同出版社・流通責任出版社）
〒112-0005 東京都文京区水道1-3-30
TEL 03-3868-3275
装丁・本文イラスト－RAHWIA（ラフィア）
装丁デザイン－AFTERGLOW
（レーベルフォーマットデザイン－ansyyqdesign）
印刷－中央精版印刷株式会社

価格はカバーに表示されてあります。

落丁乱丁の場合はアルファポリスまでご連絡ください。

送料は小社負担でお取り替えします。


ISBN978-4-434-33889-2 C0193